CB012338

O JOGO MAIS DOCE

J. STERLING

O JOGO MAIS DOCE

Tradução de CHICO LOPES

Diretor editorial **PEDRO ALMEIDA**
Tradução **CHICO LOPES**
Preparação de textos **LÍGIA AZEVEDO**
Revisão **GABRIELA DE AVILA**
Projeto gráfico e diagramação **OSMANE GARCIA FILHO**
Capa original **MICHELLE PREAST**

Dados Internacionais de Catalogação na Publicação (CIP)
(Câmara Brasileira do Livro, SP, Brasil)

Sterling, J.
O jogo mais doce / J. Sterling ; tradução de Chico Lopes. — São Paulo : Faro Editorial, 2015. — (Games series)

Título original: The sweetest game.
ISBN 978-85-62409-28-8

1. Ficção norte-americana I. Título. II. Série.

14-13095 CDD-813

Índice para catálogo sistemático:
1. Ficção : Literatura norte-americana 813

1ª edição brasileira: 2015
Direitos de edição em língua portuguesa, para o Brasil, adquiridos por FARO EDITORIAL

Alameda Madeira, 162 – Sala 1702
Alphaville – Barueri – SP – Brasil
CEP: 06454-010 – Tel.: +55 11 4196-6699
www.faroeditorial.com.br

Este livro é para todos os que encontraram seus sonhos nas estrelas…

E para as pessoas que os ajudaram a ficar de pé para que pudessem alcançá-los

Nota da autora

ESTE LIVRO É PARTE DE UMA SÉRIE. Se você não leu os anteriores — *O jogo perfeito* e *Virando o jogo* —, recomendo que os leia antes deste. Ambos foram publicados no Brasil pela Faro Editorial.

Sumário

O casamento

CASSIE

Com as mãos na cintura, olhei dentro dos olhos da minha melhor amiga e balancei a cabeça negativamente quando ela se virou para o espelho para retocar o batom.

— Não me olhe desse jeito — Melissa retrucou, forçando um sorriso.

— Olho, sim! A noite toda, se eu quiser. Você está tentando matar meu futuro cunhado? — provoquei, sabendo que há menos que dois minutos Melissa estava trancada no quarto de Dean fazendo sabe-se lá o quê enquanto eu esperava por ela no quarto de Jack.

Melissa apertou os olhos antes de se virar para mim. — Talvez.

Frustrada, revirei os olhos. — É melhor não. Eu gosto dele.

Depois de retocar o batom, ela esfregou os lábios um contra o outro e os estalou antes de se aproximar. — Você está linda. — Ela pôs as mãos no meu cabelo e arrumou algumas tranças enquanto eu alisava as pregas inexistentes do vestido branco que ia até os joelhos.

— Obrigada. Você também. — Apesar de estar irritada com ela, não pude deixar de sorrir.

— Então seu pai ficou bravo porque não vai entrar com você?

Prendi o fôlego. A última coisa que eu queria no dia do meu casamento era me sentir mal por minhas decisões. A escolha de entrar sozinha ou com meu pai me oprimiu no início. Mas acabei percebendo que meu pai me entregaria a Jack só para se exibir. E soube, naquele momento, que não queria ninguém "me entregando", muito menos o homem que me desapontara mais que qualquer outro na vida.

Caminhar por aquele corredor sozinha e me unir a Jack para começarmos nossa vida juntos me pareceu a coisa certa a fazer, já que era uma escolha minha e *meu* coração esperava por mim do outro lado daquela fileira. Afinal, ninguém poderia me entregar àquele a quem eu já me entregara anos antes.

— Ele ficou magoado e acho que não entendeu a mensagem que eu quero transmitir. Acho que ele queria entrar comigo porque é isso que um pai faz.

— Bom, então talvez ele devesse ter sido um pai melhor — Melissa disse num tom ferino.

Dei de ombros. — Espero que ele perceba que se trata de um casamento moderno e não fique tão chateado.

A música entrou pelas janelas abertas da sala onde Melissa e eu estávamos esperando. Respirei fundo e mordi o lábio inferior. O nervoso tomando conta de mim.

— Nossa! Está na hora! — Melissa foi até a porta de vidro e soltou um gritinho sufocado ao dar uma espiada. — Ah, está tão bonito, Cass! — Ela me deu um abraço e sussurrou: — Vejo você lá! — Depois, saiu pela porta e caminhou lentamente pelo corredor entre as fileiras.

Respirei fundo de novo e a segui, parando brevemente na porta. Ela estava certa. O quintal dos avós de Jack tinha se transformado em um lugar maravilhoso. Velas faziam pequenas sombras por toda a parte enquanto o sol se punha atrás das árvores. Inúmeras luzinhas piscavam nos galhos.

Quando pisei no quintal, meu olhar pousou sobre os jarros de vidro cheios de moedinhas e sobre as velas que se enfileiravam ao longo da passagem, e não pude deixar de sorrir enquanto meu coração se enchia com todo o amor que sentia por Jack. Ainda sorrindo, voltei os olhos para a passagem e eles imediatamente se detiveram nos olhos cor de chocolate dele. Perdi o fôlego por um momento quando o vi lá na frente em seu terno cinza-carvão, esperando por mim com um sorriso bobo no rosto.

Tive que me controlar para não correr até Jack e saltar em seus braços, embora achasse que ele não teria se importado.

Assim que cheguei ao altar, Jack estendeu a mão e pegou a minha, acariciando-a com o polegar em um gesto sensual que me deixou arrepiada. — Você está linda — ele sussurrou, inclinando-se para mim.

— E você está uma delícia — sussurrei de volta, dando uma piscadela em seguida.

Vovô tossiu e nós dois contivemos uma risada. Vovô pareceu sério ao dar boas-vindas aos amigos e à família naquele "dia especial", e então começou a cerimônia de fato.

Olhando para os olhos de Jack, pude ouvir muito pouco do que vovô disse. Minha mente girava enquanto eu lembrava de tudo que eu e Jack tínhamos passado durante essa jornada, do inferno até hoje, onde estávamos agora. Tínhamos chegado tão longe juntos!

Olhei brevemente para o irmão dele, Dean, de pé ao seu lado, mas seus olhos estavam voltados para a pequena morena perto de mim. Balançando delicadamente a cabeça, sorri antes de voltar meus olhos para o dono do meu coração.

Quando chegou a hora de fazer os juramentos, chorei um pouco mais do que Jack. Meu coração derreteu à visão dele ficando sem ar, e quando limpou a garganta para recuperar a compostura eu perdi completamente a minha.

— Eu amo você — confessei em meio a lágrimas de felicidade.

Jack estendeu a mão e tocou meu rosto, enxugando as lágrimas com os dedos, então inclinou a cabeça para me beijar.

— Opa! Esperem! — vovô bradou, interrompendo o momento. Jack ficou imóvel, ainda segurando meu rosto entre as mãos. Vovô fez uma pausa um pouquinho, depois seu rosto se abriu num amplo sorriso quando proclamou orgulhosamente: — Eu os declaro marido e mulher. Jack?

— Vovô? — Jack disse, ainda imóvel, e a multidão riu.

— Pode beijar a bela noiva — vovô disse antes de fechar a bíblia com força.

— Já era hora — Jack disse antes de esmagar minha boca contra a sua. Saudações e gritos entusiasmados encheram meus ouvidos, mas logo eu não escutava mais nada. Só podia ouvir meu coração batendo acelerado, sentir as mãos de Jack na minha pele e sua língua tocando a minha delicadamente.

Com as pernas trêmulas, eu me agarrei aos ombros de Jack para me equilibrar e ele lentamente se afastou, encerrando nosso primeiro beijo como marido e mulher.

— Senhoras e senhores, gostaria de apresentar pela primeira vez o senhor e senhora Carter — vovô disse, sorrindo.

— Hora de fazer um bebê — Jack sussurrou em meu ouvido antes de pegar em minha mão e me puxar para longe do altar.

Meu rosto ficou vermelho e dei uma resposta sufocada, mas fui com ele de qualquer modo. Eu iria com Jack aonde quer que ele fosse.

Vida de casado

JACK

A cortina filtrava a luz clara da manhã quando abri os olhos ao som de vovó e vovô colocando pratos e talheres na mesa. Meu quarto era o mais próximo da cozinha e o barulho sempre me despertava. Por um segundo, eu lembrei dos dias de colégio, quando o cheiro de waffles chegava pelo corredor e me acordava para ir para a escola. Com um sorriso, lembrei que dia era e voltei a minha atenção para os cabelos louros espalhados sobre o meu braço.

Minha mulher, Cassie, estava encolhida junto a mim, sua bunda pressionando com força minha virilha.

Minha mulher.

Alguém que realmente me amava o bastante para não apenas suportar meus defeitos, mas aceitar conviver com eles pelo resto da vida. Ela devia ter um parafuso a menos, mas por mim tudo bem. O que quer que mantivesse aquela mulher ao meu lado era bom para mim. Eu não tinha certeza do que era estar casado, mas as peças que eu sentia soltas dentro de mim pareciam agora ajustadas. Saber que Cassie havia prometido ser minha para sempre me enchia de um conforto de que eu sentia falta sem nem ao menos saber.

Naquele momento, senti que podia fazer qualquer coisa. Podia vestir uma capa, ter asas e salvar todo o mundo se quisesse. Mas a melhor parte era que a garota ao meu lado não iria a parte alguma. Ela bordaria um *J* nessa capa e ficaria me olhando voar se eu pedisse.

Voltei a ser um garoto de doze anos com sonhos de se tornar um super-herói? Ridículo.

Passei o braço ao redor da cintura nua de Cassie, meus dedos explorando a frente de seu corpo, que eu não conseguia ver. Ela gemeu e meu pau acordou.

— Bom dia, mulher — sussurrei em seu ouvido, antes de beijar e chupar sua orelha.

Cassie gemeu novamente antes de virar para mim, com seus maravilhosos olhos verdes brilhando. — Bom dia, marido.

Marido.

Sou a porra do marido dela. Acho que isso significa que sou legalmente autorizado a matar quem mexe com ela, certo? Certo.

Puxei seu lábio inferior com os dentes e mordisquei, brincando. Sem aviso, enfiei minha língua em sua boca aberta, movendo-a em sincronia com a dela. Eu estava louco para trepar. Muito.

— Preciso de você — sussurrei entre os beijos.

Ela passou as mãos no meu corpo, puxando-me para que eu ficasse em cima dela. Fiz como Cassie silenciosamente pediu, e ela abriu as pernas. — É um convite? — brinquei, deslizando para dentro de Cassie antes que ela mudasse de ideia.

— Ah, Jack — ela gemeu, e mordeu o lábio. — Devagar.

— Você sabe como é difícil ir devagar quando você é assim tão gostosa? — Tentei controlar as estocadas, mas meu pau não queria cooperar. Como se tivesse mente própria, ele traía os comandos do meu cérebro. — Sinto muito, mas ele não me escuta.

Cassie deu uma risadinha, então uma ruga se formou entre suas sobrancelhas. — Quem não escuta?

— Meu pau — suspirei.

Seus quadris se moveram sob mim, levantando e abaixando no tempo perfeito, contra mim, comigo, como fosse. — Não vou aguentar — avisei, tentando retardar o inevitável o máximo possível.

Aqueles belos olhos verdes encontraram os meus antes que ela agarrasse minha nuca e puxasse minha boca para a sua. Nossas línguas se exploraram com um desespero frenético e crescente. Eu entrava e saía dela, a ereção crescendo a cada arremetida.

— Parece que você está ficando maior dentro de mim — Sua respiração era quente contra minha boca. — É muito tesão, Jack...

— Você não devia ter dito isso — Aquelas palavras eram o bastante. Depois de uma última arremetida, eu me perdi no interior dela. Sua boca se abriu quando o prazer percorreu seu corpo. Fiquei olhando enquanto ela estremecia em um orgasmo.

— Você é linda. Eu amo tanto você...

Passei meus dedos pelos seus cabelos. Ela sorriu e disse: — Também amo você. Sempre.

— Sempre — concordei, lembrando imediatamente da sorte que era ter Cassie. — Precisamos levantar, estou sentindo cheiro de comida. Eles já estão na cozinha.

Com o rosto ruborizado, Cassie enterrou a cabeça no travesseiro. — Você acha que eles ouviram?

Dei risada. — Claro que não. Mas estamos casados agora, então podemos transar o tempo todo.

— Jack! Que falta de respeito!

— Eu? — Sorri e dei um beijo em sua testa. — Agora, levante. A menos que pretenda tomar café pelada. Acho que o vovô não se importaria. Nem Dean.

O rosto dela se contorceu em um horror fingido quando me deu um tapa, brincando. — Você é nojento.

Logo estávamos acomodamos na mesa, e eu notei Dean vindo em nossa direção. Surrupiei um bolinho e esperei. Dean entrou e joguei o bolinho nele.

— Você está brincando? — Ele abaixou e viu a massa esmagada em seus pés.

— Jack! Não jogue comida fora! — vovó ralhou.

Dei de ombros. — É ótimo começar o dia com um bolinho na barriga — provoquei, e Cassie bateu no meu braço.

Os olhos de Dean se apertaram. — Bata nele com mais força na próxima, Cassie. Assim, ó. — Ele caminhou até mim e me deu um soco no ombro direito.

A cadeira deu um guincho estridente quando levantei e saí correndo atrás dele. Dean desviou de alguns obstáculos na cozinha, com vovó gritando ao fundo e vovô rindo de nossos absurdos, antes que eu o apanhasse e começasse a bater nele.

— Pare com isso, seu babaca! — Dean gritou, tentando se soltar.

— Não bata em mim na frente de minha mulher! — Soltei sua blusa e fiquei olhando meu irmão enquanto ele se levantava e se arrumava, massageando onde eu tinha acabado de bater.

— Você só queria um pretexto para dizer isso.

— O quê? — zombei, fingindo não saber.

— Minha mulher. — Dean olhou para Cassie em busca de apoio e ela olhou para nós dois com um sorriso no rosto. Balançou a cabeça, sem querer se envolver.

— Parem de agir como se tivessem doze anos e comam — vovó interrompeu.

— Isso, Jack. Pare de agir como se tivesse doze anos. — Dean me empurrou antes de correr para a cadeira e sentar.

— Vocês dois são ridículos — Cassie comentou. — O cheiro está ótimo, vovó. Obrigada.

— De nada. Estou muito feliz com vocês todos aqui. — ela disse com um sorriso, antes de colocar pratos cheios de comida no centro da mesa.

Dean ergueu um waffle com o garfo e bati nele com o meu, fazendo com que caísse sobre a mesa. — Você é o maior babaca — meu irmão gemeu.

— Dean! Olha a língua! — Era inevitável que vovó nos repreendesse quando estávamos todos juntos.

— Desculpe, querida. Ele só estava sendo um babaca — vovô comentou, e eu abafei uma risada.

Uma voz chamou da porta da frente, e eu reparei que Dean parou no meio de uma mordida quando percebeu que era Melissa. — Alguém em casa?

— Oba! Melis! — Cassie pulou da cadeira e correu para fora da cozinha enquanto Dean me olhava ferozmente do outro lado da mesa.

— Você podia ter avisado que ela vinha.

Dei de ombros e enfiei um pedaço de waffle na boca, resmungando enquanto mastigava — Eu não sabia.

— Mentiroso.

— Não é culpa minha se vocês não se suportam. Ou você só está de TPM?

— Jack! — vovó disse. — Peça desculpas ao seu irmão imediatamente!

De dentro dos óculos, vovô me lançou um olhar desaprovador. — Você não precisava ter dito isso.

Mastiguei lentamente, sem tirar os olhos de Dean. — Sinto muito — resmunguei antes de apertar meus olhos e acrescentar — por você não conseguir fazer a garota gostar de você.

Dean balançou a cabeça, desviou os olhos e terminou de comer de mau humor.

Minha bela mulher voltou para a cozinha com sua melhor amiga.

— Oi, gente — Melissa disse, alegremente.

Vovó abriu um grande sorriso para ela. — Bom dia, querida. Está com fome? Vou pegar um prato — Ela começou a se levantar, mas Cassie a deteve.

— Pode deixar. Cass.

Melissa empurrou Cassie em direção à cadeira e balançou a cabeça. — Já comi, mas obrigada.

— Então, baixinha, você se divertiu ontem? — perguntei, sugestivamente, tentando fazer com que admitisse que não gostava do meu irmão apenas como amigo. Dean ficou paralisado, mas inclinou a cabeça, obviamente, esperando para ouvir a resposta.

Ela olhou diretamente para ele quando falou sem piscar — Nunca me diverti tanto. E você?

Dei risada. — Considerando que casei com a garota dos meus sonhos, ontem foi bem mais que divertido.

Melissa deslizou para uma cadeira vaga e perguntou: — E aí, quando vocês vão viajar?

— Nosso voo é às nove da noite — Cassie respondeu, com tristeza na voz.

— Vocês não podem ficar para sempre? Foda-se Nova York! — Melissa gritou numa voz animada, enquanto Dean esfregava as têmporas.

— O que foi, Dean? — ela perguntou, rindo. — Dor de cabeça?

Dean a fuzilou com o olhar e fez um sinal ferino de assentimento antes de virar para mim. — Vocês não podem ficar mais?

Engoli a comida que tinha na boca, meio desejando que a resposta fosse ser "podemos". — Temos que voltar. Preciso me preparar para a pré-temporada. Parece que faz um século que não arremesso, preciso treinar. Você sabe como fico em janeiro.

Ser um jogador de beisebol podia não parecer ser tão difícil do lado de fora, mas eu trabalhava exaustivamente a maior parte do ano. Entre as temporadas, eu tinha que treinar e me manter em forma e saudável. Sem mencionar o fato de que precisava me preparar mentalmente meses antes do primeiro jogo, o que basicamente significava que não podia perder tempo com outras coisas. Cassie tivera que aprender a lidar com um namorado ausente, mental ou fisicamente, na maior parte do tempo. E agora eu seria um marido ausente.

— É ruim vocês ficarem tão longe — Dean acrescentou antes de estender a mão para pegar o copo de suco de laranja.

— Você pode visitar a gente a qualquer hora, Dean. É só avisar. Vamos adorar — Cassie disse com um sorriso.

— Obrigado.

— E quanto a mim? Posso visitar vocês a qualquer hora? — Melissa inclinou a cabeça e Cassie revirou seus olhos.

— Não — ela disse, e riu. — Claro, boba. Você e Dean deviam ir juntos.

Cassie piscou e eu reforcei a sugestão. — Vocês deviam mesmo ir juntos.

Os ombros de Dean se enrijeceram visivelmente e um grunhido escapou de seus lábios. Eu podia zombar dele, mas queria ajudar meu irmão a conquistar a garota. No dia anterior, eu tinha pego os dois se agarrando antes do casamento e se pudesse fazer alguma coisa para juntar os dois de uma vez por todas, eu faria. Dean merecia ser feliz.

Vovó mudou de assunto antes de eu insistir. — Quando você começa a trabalhar na agência? — ela perguntou ao meu irmão.

— É, Dean — eu perguntei, dando um chute nele por baixo da mesa. — O que está rolando entre você e meus agentes? — Meus agentes, Ryan e Marc, tinham oferecido a Dean um emprego na empresa de agenciamento esportivo deles assim que ele se formasse.

— Vou começar em meio período, mas vou trabalhar integral a partir do final de maio — ele disse, com um sorriso.

— O que você vai fazer exatamente?

— Vou ser um agente. Eles vão me ensinar as manhas para lidar com caras como você. — Dean apontou com a cabeça na minha direção.

— Boa sorte com isso — Cassie disse, com um riso abafado.

— No início, só vou treinar na maior parte do tempo. Vou ficar de olho em novos talentos para os caras testarem. No início, vai ser um trabalho mais analítico, de dados, de índices de aproveitamento.. E vou ser o contato para qualquer um dos jogadores e das famílias locais.

— Para tudo ou só certas coisas? — Cassie perguntou.

Dean deu de ombros. — Não sei ainda. Vai surgir um monte de perguntas que não vou saber responder, então talvez eu só ajude com as mudanças dos que forem negociados, converse sobre os prazos ou coisas assim.

— As famílias telefonam muito? — Cassie perguntou, interessada no assunto.

— Você não tem ideia — Dean disse, balançando a cabeça. — Não é todo o mundo que entende a parte do negócio, então, às vezes, as pessoas ficam muito frustradas. Tenho que explicar literalmente cada detalhe.

Os olhos de Cassie se arregalaram e ela suspirou. — Deve ter uns telefonemas longos e divertidos.

Dean fez que sim. — Fiquei no telefone por mais de duas horas outro dia com a mulher de um de seus colegas de equipe.

— Quem? — perguntei.

— Um defensor. Ela estava preocupada com a possibilidade do cara não conseguir uma extensão depois da última temporada e queria saber como isso afetaria seu tempo de jogo e a aposentadoria. Eu tive que explicar todos os detalhes e ainda assim ela ficou confusa. Estava obcecada com a história da aposentadoria.

Vovô deixou cair o garfo, que fez um tinido sobre a mesa. — Desculpe — ele disse ao apanhá-lo. — Quantas temporadas você tem que jogar para ter direito à aposentadoria?

— Para conseguir os benefícios totais, dez temporadas completas.

— O que acontece se você se machucar antes disso ou se não conseguir jogar as dez temporadas por qualquer motivo?

Dean engoliu um suspiro. — Você só teria uma parte dos benefícios, mas é bem mais complicado do que isso. Os termos do contrato, o número de anos que constava nele, tudo entra em jogo.

— Chega dessa conversa. Vamos deixar as crianças se divertirem um pouco juntas antes que tenham que ir. — Vovó levantou e começou a recolher as tigelas e os pratos.

— Posso ajudar? — Cassie perguntou, mas vovó deu um tapa em sua mão.

— Não, querida. Você é uma recém-casada. Vá passar sua lua de mel com seus amigos — ela disse, com um sorriso.

Passamos o resto da tarde com Dean e Melissa. Antes que eu me desse conta, Cassie me lembrou de que precisávamos fazer as malas e ir. Eu odiava partir, mas pelo menos não estaria sozinho. Nunca mais estaria sozinho.

Quebrando os ossos

CASSIE

Três meses depois...

Concentrada no trabalho, eu brincava com a chave que pendia da corrente no meu pescoço, meus dedos passando pelas letras que formavam a palavra FORÇA. Melissa tinha me dado o colar depois de todo o drama com os tabloides e fãs cretinos durante a primeira temporada de Jack. Ela disse que eu deveria ficar com ele até que me deparasse com alguém que precisasse da mensagem gravada na chave mais do que eu. Odiava ter que passar adiante aquele presente tão especial, mas tinha que reconhecer que era uma boa ideia.

Sentada em meu cubículo, eu estudava cuidadosamente as fotos que havia tirado em meu último trabalho. Nora, minha chefe, queria inscrever uma delas em um prêmio importante. Mas, enquanto eu olhava, percebi que não conseguia escolher a melhor.

Como sempre, eu me envolvera emocionalmente com o trabalho e não conseguia ver as imagens só pelo que retratavam. Via as emoções por trás dela, os significados que não eram, necessariamente, captados pela lente.

Quando olhava para o senhor agarrando desesperadamente uma criança coberta de terra e sangue, via as centenas de pessoas ao fundo, também desesperadas e sujas, que não haviam entrado na foto. Fora de vista se erguiam pilhas de escombros que antes eram casas, e os proprietários, com o rosto cheio de incredulidade, escavavam os detritos em vão. Quilômetros e quilômetros de terra onde antes havia escolas, lojas e lares tinham se transformado em uma zona de guerra uniforme. Podia parecer clichê, mas era a descrição mais precisa. A Mãe-Natureza, às vezes, trazia o inferno à Terra. E eu o captara com a câmera.

Uma coisa era ver a devastação na TV ou nas revistas, e outra caminhar pelo cenário e testemunhar tudo em primeira mão. Não havia palavras para descrever o sentimento dos pés sobre vidro quebrado, os detritos do que antes fora a casa de alguém, o choque no rosto das pessoas quando percebiam que tudo o que um dia tinham amado fora destruído. Nunca me sentira tão infeliz quanto no dia em que uma senhora me contou que todas as suas fotos e todos os bens da família tinham se perdido, e eu nada pude fazer além de ver a mulher cair de joelhos em aflição. Havia tanta dor crua e exposta nos primeiros dias após uma tragédia que eu sempre achava difícil tirar fotos. Era virtualmente indescritível e quase insuportável.

O fato de não gostar de me intrometer, provavelmente, não ajudava minha carreira. Eu não era o tipo de fotógrafa que enfiava a máquina na cara das pessoas, invadindo seu espaço privado na esperança de conseguir uma foto milionária. Depois de estar com elas, de compartilhar a experiência, a dor ficava para sempre gravada na minha memória e eu a carregava comigo para onde fosse. Eu não via sentido, ou um bem que poderia fazer em expor aquela dor para todos verem.

Depois, a certa altura da recuperação, alguma coisa mágica começava a acontecer. Dava para sentir a mudança no ar denso e poeirento. O choque imediato passava e as pessoas da comunidade se uniam dos modos mais incríveis. Surgia um senso de família e força que era arrebatador testemunhar. Toda. Santa. Vez. O foco mudava da perda individual para a comunidade, que não apenas sobrevivia, mas retornava mais forte, mais resistente, mais coesa. Acompanhar essa transformação valiam todas as lágrimas e dores do início.

Por isso, meu objetivo sempre era procurar a beleza em meio ao desespero. Aqueles pequenos momentos de paz e felicidade, como quando dois amigos se encontram depois de terem se perguntado se o outro estaria vivo ou morto. Eu queria captar o instante em que o pânico se transformava em exaltação. Se pudesse pôr esperança em uma fotografia onde parecia que não existia nenhuma, teria feito meu trabalho. Ao menos, teria feito do jeito que queria.

De repente, ouvi a voz de Nora no telefone: — Cassie, venha aqui.

Apertei o botão vermelho e respondi — Já vou. — Levantei da mesa e dei uma olhada ao redor. Joey, o cara com quem eu flertara quando Jack e eu estávamos separados, tinha ido embora fazia dois anos. Ele recebera uma oferta de trabalho em Boston, de onde era, e pulara de alegria com a oportunidade. Jack quis dar uma festa quando ficou sabendo. Não consegui entender o motivo, porque não era alguém que pudesse competir com ele.

Os rostos no meu escritório tinham mudado ao longo de cinco anos, mas o ritmo de trabalho era o mesmo. Dava para sentir a energia de toda aquela gente criativa trabalhando em layouts, designs e textos. Eu amava meu trabalho e amava viver naquela cidade.

Bati na porta de Nora antes de girar a maçaneta. Ela fez sinal para eu me aproximar e apontou para uma cadeira, com o telefone apertado contra o ouvido. Fiz como ela pediu e esperei, pacientemente. Desde que eu me mudara para Nova York para trabalhar na revista, pude contar com Nora. Ela me apoiou quando Jack e eu sofremos com as acusações de Chrystle e com a reação violenta que se seguiu. Até se ofereceu para fazer um relato completo da nossa relação.

Não precisamos ir até o fim com o plano porque Vanessa, ex-melhor amiga de Chrystle, fez todo o trabalho sujo por nós. Ela concedeu uma entrevista exclusiva à revista e revelou cada detalhe do plano de Chrystle de usar uma gravidez falsa para persuadir Jack a se casar com ela. Isso ajudou a reconstruir minha reputação e os fãs pararam com os insultos na internet. Na verdade, o artigo foi uma ótima publicidade para minha relação com Jack e eu só podia agradecer a Nora e a Vanessa por isso.

— Vou mandar até o fim do dia. Obrigada, Bob — Nora desligou, depois se inclinou para trás e ergueu uma sobrancelha para mim. — Então, já escolheu uma foto?

Estremeci. — Sobraram cinco. Pelo menos avancei — eu disse, pensando nas trinta fotos espalhadas na mesa da sala de reuniões na tarde anterior.

— É só escolher uma, Cassie! Tenho certeza de que todas são ótimas. Leve as cinco para o bonitão do seu marido e deixe que ele escolha — Nora disse com uma risada cordial.

Meu queixo caiu. — Não vou deixar Jack escolher! Ele provavelmente fecharia os olhos e apontaria para uma.

Nora apertou os olhos. — Que é o que você vai ter que fazer se não escolher uma até o fim do dia.

— Tudo bem, vou escolher — eu disse, ligeiramente, zangada. Nora ergueu os óculos enquanto me encarava com um sorrisinho no rosto. — O que foi? — perguntei com cautela. — Por que está me olhando desse jeito?

O sorrisinho se transformou em um sorriso de verdade. — Preciso que tire fotos de alguém.

Inclinei a cabeça, sabendo muito bem que tínhamos outros fotógrafos para lidar com aquele tipo de coisa. Cada um tinha sua especialidade. Alguns faziam tomadas interiores de estúdios com modelos, mas eu trabalhava melhor com luz natural e cenários pouco convencionais, o oposto de uma fotografia posada. — De alguém da cidade? Quem? Por que eu?

— Porque é a Trina.

Agora era eu quem estava sorrindo. Trina era a namorada de um dos jogadores do Mets, um colega de Jack chamado Kyle, e fora a única que conversara comigo de verdade na primeira temporada de Jack. Ela era modelo e perdia muitos jogos porque estava viajando, mas sempre que aparecia ficava ao meu lado.

— Vou fotografar Trina? Isso é demais! Qual é o foco da história?

Nora fez um sinal displicente no ar. — "Modelo e mãe em Manhattan", ou algo assim. Não decidi todos os detalhes, mas ela vai ser o foco. E só aceita trabalhar com você.

Quando balancei a cabeça, espantada, minha mente retornou à primeira vez que vi Trina e o homem que se tornaria seu marido.

Matteo, nosso motorista, tentara me beijar e Jack o demitira, mas depois de um tempo concordou que trabalhasse para a gente novamente. Nesse meio-tempo, Matteo tinha aberto sua própria empresa de carros para VIPs. Ele só dirigia pessoalmente para nós, mas sua empresa rapidamente se tornou a mais usada pelos atletas profissionais locais.

Matteo e Trina começaram a namorar assim que ela e Kyle terminaram. O casamento, alguns meses depois, foi pequeno e elegante. Trina afirmara que escolhera uma data tão próxima levando em conta os treinos de Jack, para que pudéssemos comparecer ao casamento, mas eu sabia que o verdadeiro motivo era ela não querer aparecer grávida nas fotos.

Matteo insistiu que se casassem antes que o bebê nascesse, e eu me lembro dele dizendo: "Eu poderia esperar e casar com você algum dia, mas prefiro casar hoje. Algum dia pode nunca vir, e o hoje já está aqui. Por favor, não me faça esperar para fazer de você minha mulher."

Quando Trina me contou que ela e Matteo iam casar, perguntei se ela tinha certeza de que era o que queria. Eu tinha adquirido nos dois anos anteriores um medo profundamente fundamentado de pessoas casando pelas razões erradas. Toda vez que me lembrava da situação com Jack e Chrystle, estremecia. Mas Trina disse que, embora eles não tivessem planejado engravidar e casar, ela não se importava com a ordem em que fizessem as duas coisas. Estavam realmente felizes e isso era tudo o que importava. Tive que concordar, porque felicidade era tudo o que eu desejava para meus amigos.

Nora me olhou do alto dos óculos e ergueu as sobrancelhas, esperando por uma resposta.

— A única razão pela qual Trina quer trabalhar comigo é porque odeia fotos, e vai me fazer pagar por elas mais tarde — eu disse, com uma risadinha.

— As fotos vão ficar boas. Vamos arrumar um estúdio com luz natural para você, está bem?

Suspirei de alívio. — Você me conhece tão bem.

— Quero fotos dela antes e depois. Agende alguma coisa com o marido também, depois que o bebê nascer. Vamos mostrar a família feliz.

— Sem problemas. Só isso?

— Só. Agora vá escolher aquela foto.

— Tudo bem. Mas se eu escolher a foto errada e perder, vai ser culpa sua. — Lancei um sorriso para Nora enquanto caminhava em direção à porta.

De volta à mesa, eu não estava agora mais próxima de escolher uma foto do que estava uma hora antes. Olhei para o alto e avistei uma estagiária saindo do elevador com duas bandejas cheias de xícaras.

— Becca —, gritei. Ela voltou o olhar para mim, tentando não derramar o café. — Quando tiver um minutinho, pode vir aqui, por favor?

Becca fez que sim com um esboço de sorriso no rosto. Ela era jovem e ainda estava na escola, mas tinha um bom olho e eu gostava de seu estilo.

— Oi, Cassie. Precisa de mim? — Becca perguntou, logo depois, nervosa. Soltei um suspiro de alívio.

— Sim! Graças a Deus que você está aqui. Você tem um olho excelente e eu amo o jeito como vê as coisas. Preciso de uma foto para inscrever em um concurso, mas não consigo escolher. Estou muito ligada emocionalmente a elas. De qual você gosta mais?

Um sorriso enorme, cheio de dentes, surgiu no belo rosto jovem dela.

— Nossa, obrigada — ela disse, antes de pairar sobre as fotos espalhadas na mesa.

Becca não levou mais que dois segundos para pegar uma foto e declarar que era aquela. Confiei que, se tinha escolhido aquela foto, era porque algo nela a sobrepunha a todas as outras.

— Obrigada, Becca. Você me salvou!

No fim do dia, saí pela porta giratória e entrei na calçada cheia de gente. Margeando o tráfego de pedestres, andei sinuosamente em direção ao carro preto parado no meio-fio. Matteo estava lá, esperando, pacientemente, por mim, como fazia toda noite. Seu lindo rosto irrompeu num amplo sorriso quando me aproximei e abri a porta de trás.

— Por que está tão sorridente? — perguntei a ele, que deu de ombros.

Matteo pulou para o assento do motorista e saiu com o carro. — A vida é boa, Cassie. A vida é boa — ele disse, com uma irritante voz cantarolada. Matteo estava assim desde que ele e Trina tinham ficado juntos.

— Você é tão chato. Vá para casa ficar com sua mulher maravilhosa.

— Vou mesmo. Logo depois de deixar você com seu marido maravilhoso — ele retrucou, com uma piscadela.

— Argh! — eu disse com um tremor — Não diga que Jack é maravilhoso e pisque em seguida. É esquisito.

Incapaz de responder, ele irrompeu em uma enorme risada. Continuou rindo um pouco enquanto dirigia até o campo e eu verificava os meus e-mails pessoais no celular.

Alguns minutos depois, Matteo olhou por cima do ombro e disse:
— Trina me falou sobre as fotos.

Ergui os olhos para fitar os dele no espelho retrovisor. — Sim. Vai ser ótimo. Você está nessa também, sabia?

Ele se remexeu no assento, parecendo nervoso. — Estou?

— Sim. Mas só depois que o bebê nascer. Vou fotografar Trina agora e depois vocês três juntos.

— Pode se concentrar nas fotos dela, por favor. É Trina quem vende revistas, não eu — ele sugeriu, humildemente.

Revirei os olhos. — Ah, sim. É realmente difícil para as mulheres ter que olhar para você — eu disse, com uma risada.

— Sempre soube que você me queria — ele provocou.

Revirei os olhos, balancei a cabeça e dei uma risadinha desdenhosa. — Não me venha com essa de novo.

Desde que Jack perdoara Matteo, reconhecer como ele era gato não me deixava mais completamente envergonhada. É claro que eu não ficava proclamando isso a qualquer momento em qualquer lugar. Também ajudou o fato de Matteo ter percebido que seus sentimentos por mim não se baseavam na realidade. Ele deduziu rapidamente que só tinha se encantado com a ideia de me proteger e cuidar de mim. Assim que Trina entrou em sua vida, quaisquer sentimentos românticos que pensava ter por mim foram jogados pela janela. Ainda bem.

Senti a velocidade diminuir e juntei minhas coisas. Matteo estendeu a mão para abrir a porta, mas eu o detive. — Não precisa. Pode deixar. — Abri minha própria porta e saí, mas voltei para dizer — Vejo você mais tarde, futura capa de revista

— Cassie! — Matteo bradou com indignação fingida enquanto eu me virava em direção aos portões de entrada do estádio, rindo. Sabia que ele adoraria cada minuto de atenção que obteria com a publicação do artigo.

Corri para o assento de sempre, próximo a Tara. Minha presença agora era familiar às namoradas e mulheres, e aos familiares e amigos. As mulheres dos jogadores tinham passado a me aceitar como aceitavam apenas as casadas. E, por mais que odiasse reconhecer, isso mudava as coisas. Nunca planejei tratar qualquer uma das namoradas do modo como fui tratada, mas reconhecia a diferença entre ser ou não casada. A hierarquia social existia por um motivo, e depois de ver um bom número de garotas que vinham e iam com alguns caras, entendia melhor algumas coisas que antes tinham me ofendido.

Quando dei uma olhada para o campo, a visão de Jack se aquecendo fez com que eu apertasse meu coração de orgulho. A calça cinza do uniforme abraçava os músculos quando ele erguia a perna antes de cada arremesso. A malha preta da camiseta ondulava na brisa que ele criava quando abaixava o braço para atirar a bola.

Vi quando Jack segurou o boné e deu duas batidinhas na aba, e não pude esconder um sorriso. Era um sinal para mim. Ele tinha começado a fazer isso quando eu não podia viajar com ele, o que tinha se tornado cada vez mais frequente. Toda vez que Jack arremessava, dava duas batidinhas no boné e seu rosto se iluminava com um sorriso terno. Nunca sabia se as câmeras estavam nele ou não, mas repetia o gesto independentemente disso.

Por fim, virou um hábito, porque ele começara a fazer isso nos jogos em que eu ia também. Às vezes, seus olhos se voltavam de relance para as arquibancadas e encontravam os meus. Meu coração parecia que ia parar de bater e minha respiração falhava. Toda. Santa. Vez. Se alguém reparasse, eu teria ficado com vergonha, mas isso nunca aconteceu.

Eu mais que amava aquele homem. Meu marido. O jogador de beisebol.

Meu Jack Fodão Carter.

Até seu nome me deixava excitada e fora de controle.

Jack se curvou, olhando para o apanhador através da luva que cobria metade do rosto. Com um balançar de cabeça, recusou qualquer que fosse o ponto em que o apanhador queria que ele arremessasse. Outro balançar e o apanhador pediu tempo, depois correu para Jack, que permaneceu esperando no pequeno monte ao centro, chutando a terra.

Após uma curta conversa, o apanhador deu um tapinha na bunda de Jack antes de sair trotando rumo à sua posição atrás da base. O árbitro apontou para Jack. Com um movimento fluido, a bola saiu de sua mão. O batedor girou o corpo e errou. A bola chegou à luva do apanhador, e o som ecoou por todo o estádio. A multidão comemorou e eu sorri. Adorava ver Jack jogar. Parecia bobo chamar meu marido de lindo, mas quando ele jogava beisebol... ele ficava realmente gato.

Alguém gritou do banco, mas Jack fez um sinal de dispensa com a mão enluvada. Eu me precipitei para a borda do assento e prendi a respiração automaticamente, antecipando o arremesso. Jack se abaixou, olhando para o apanhador antes de sacudir a cabeça concordando com o ponto designado. Jack baixou sua luva até o quadril antes de erguê-la em sincronia com o joelho. Seu corpo todo guinou para a frente com o arremesso e o som do taco encontrando a bola distraiu todo mundo, exceto eu. Meus olhos permaneciam lealmente fixados no cara que eu amava.

Como eles nunca desgrudavam de Jack, testemunhei tudo. A bola estalou estridente ao voltar para ele, que reagiu como pôde. Seu corpo se contorceu para sair do caminho e sua mão sem luva instintivamente se estendeu para deter a bola. Vi quando ela se chocou contra a mão e em seguida caiu no chão aos seus pés.

Jack se esforçou para continuar, mas um grito de dor brotou de seus lábios quando tentou pegar a bola. Com o rosto contorcido, ele ergueu um joelho e apertou o queixo fortemente contra o peito.

Alguém gritou pedindo tempo e o empresário de Jack disparou como um raio para dentro do campo. Ajudou-o a ficar em pé e conduziu-o para fora.

— Merda — murmurei para mim mesma.

— Vá lá, Cassie — Tara exigiu. — Devem estar levando Jack para o vestiário.

Fiz que sim, silenciosamente, apanhei minhas coisas e corri em direção à escadaria que levava ao subsolo. Voei no último lance de escadas e fui até a porta. Assim que entrei, o ar dos túneis de tijolos frios me atingiu. Eles percorriam a extensão do estádio, embora poucos soubessem que existiam. Fui trotando até o corpulento segurança.

— Ei, Jimmy, ele está aqui? Você viu alguém trazendo Jack para cá? — perguntei, com a voz perturbada.

Sua testa se franziu em resposta. — Jack? Não. O que aconteceu?

Soltei o ar, trêmula. — Ele machucou a mão.

— Verdade? Droga. Espero que esteja bem. — Jimmy deu um passo de lado, revelando uma pequena abertura entre os corrimões, pela qual passei tão depressa quanto minhas pernas nervosas permitiam.

Segui rente aos tijolos por uma curva suave, notando o símbolo do Mets no alto. Acelerei o passo enquanto procurava as portas duplas de mogno com a inscrição SEDE DO METS DE NOVA YORK.

Outro segurança estava sentado numa cadeira perto da entrada, o rosto atormentado de preocupação. Ele se levantou assim que me aproximei. — Cassie. Ele está aí dentro com o médico. — A dor em seus olhos tristes me deixou ainda mais abalada e minha boca ficou completamente seca.

— Como ele estava, Joe?

— Com muita dor — o segurança admitiu, soturnamente.

Um nó se formou na minha garganta. Percebi naquele momento que eu nunca tinha considerado a possibilidade de Jack se machucar. Ele parecia invencível... era como se seu corpo tivesse nascido para praticar aquele esporte e nunca permitiria que fosse ferido por ele. Nunca o trairia desse jeito.

Mas tinha traído.

Eu me flagrei mortalmente assustada com o que aquilo significava. Jack sem beisebol... bem, não era Jack. Eu nem sabia quem seria. Só o conhecera quando o beisebol já era uma enorme parte de sua vida. A preocupação disparou dentro de mim e eu não pude evitar uma tremedeira nervosa.

— Cassie? — A voz de Joe ecoou no túnel. Incapaz de falar, olhei para ele, desesperada. — Não tem mais ninguém lá — ele disse, simpático. — Você pode entrar.

Joe abriu uma das grandes portas para mim e entrei em um lugar do estádio onde nunca estivera. Olhei atentamente para o sofá enorme e o tapete com o escudo do time, antes que meus olhos caíssem sobre os armários com o nome e o número de cada jogador, cada um com uma luz suave o iluminando como uma peça de museu.

Eu me flagrei ansiando por fotografar a sala conforme cada detalhe chamava minha atenção de modo que apenas um novo lugar consegue. Vício profissional. Ou negação.

— Gatinha? — A voz de Jack soou no espaço amplo, a dor fazendo com que soasse um pouco diferente.

Trazida bruscamente de volta ao presente, gritei: — Jack? Cadê você?

— Vá até o fundo e vire à direita.

Quando passei correndo pelos armários, o número vinte e três chamou minha atenção, e não pude resistir ao impulso de parar por apenas um segundo diante do armário de Jack, que eu nunca vira, e talvez nunca mais visse. Sua mala e suas roupas estavam lá dentro, esperando por ele. Passei os dedos pelo tecido, movendo-os levemente.

Pregada na parede dos fundos havia uma fotografia de nós dois no casamento, com outras fotos nossas. Amava como aquele homem exibia seu amor por mim.

Com um sorrisinho, rumei em direção ao fundo da sala e virei bem quando o médico aplicava uma injeção no braço de Jack para a dor. Notei que ele nem piscou.

— Acho que a mão está despedaçada — Jack admitiu tão logo seus olhos de chocolate encontraram os meus.

DESPEDAÇADA.

Naquele momento, foi assim que senti meu coração: despedaçado. Corri para seu lado, precisando ficar o mais perto dele fisicamente quanto fosse possível.

— Ainda não sabemos — o médico corrigiu. — Sou o doutor Evans.

Estendi a mão para ele. — Sou Cassie.

Olhei para o rosto de Jack e meu peito doeu com a necessidade de protegê-lo e confortá-lo. Bati carinhosamente em seu ombro quando perguntei, em um tom todo profissional: — O que sabemos?

— Está quebrada, mas ainda não sei quanto.

Dei de ombros. — Mas vai sarar, não vai? As pessoas quebram a mão o tempo todo.

O Dr. Evans fez que sim. — Verdade. Mas precisamos ter certeza de que não vai precisar de cirurgia, pinos ou uma placa de metal.

Pinos ou uma placa de metal? Meu Deus.

Ouvi Jack engolir em seco e continuei a cutucar o médico. Minha preocupação crescente se sobrepunha ao equilíbrio. — Se for preciso, sem problemas. As pessoas fazem cirurgia na mão o tempo todo também. E melhoram.

— É verdade. — o médico disse, franzindo a testa. — Mas a maioria dessas pessoas não joga beisebol profissionalmente como arremessador.

Meu coração afundou. — O que você quer dizer?

— Preciso tirar um raio-X da mão dele primeiro. Só assim vou ter respostas.

Jack abaixou a cabeça e vi seus olhos se fecharem.

— Precisamos ir para o hospital? — Estendi a mão para pegar o celular e ligar para Matteo.

— Não, não. Tenho uma máquina na outra sala. Como médico do time, sou responsável pela recuperação de Jack. É o meu trabalho.

— Uau. Então o tratamento vai ser feito todo aqui? — Eu nunca havia pensado a respeito e não sabia como funcionava quando um jogador se machucava. Imaginara que Jack seria examinado em um hospital comum. Mas eu deveria saber: o Mets fretava aviões para levar o time a qualquer lugar; nada na vida de um jogador profissional era normal.

— Sim. Se eu estiver viajando com o time, um dos meus assistentes estará aqui para ajudar vocês.

O Mets cuidaria da recuperação de Jack, e eu me senti reconfortada pela ideia de que meu marido seria tratado pelas pessoas que mais haviam investido nele. Era de seu interesse que ele ficasse bem logo, assim como era do interesse de Jack.

— Se nos der licença, senhora Carter, vai levar apenas um minuto — O médico fez um gesto para Jack o seguir até a outra sala. — Vamos ver com o que estamos lidando, Jack.

Fiquei andando de um lado para o outro, puxando os lábios com uma mão, um tique nervoso. Queria ligar para Dean, mas sabia que ele me faria perguntas para as quais eu ainda não tinha respostas. Achei melhor esperar até que eu tivesse algo para dizer. Uma mão quebrada era uma coisa, mas uma cirurgia era outra.

Poucos minutos depois, Jack saiu da sala sozinho e me envolveu em um abraço cauteloso. Senti seu coração batendo disparado quando ficamos perto um do outro. — Eu amo você, gatinha. — Ele me deu um rápido beijo, depois me soltou e pulou na mesa de exame. Sua mão devia estar doendo, seus dedos tinham assumido uma coloração arroxeada e inchado até ficar de um tamanho enorme. A visão fez meu estômago se contorcer e eu tive que desviar os olhos.

— Eu também amo você. — Queria dizer mais, mas as palavras me faltaram. Coloquei minha mão sobre o coração, os dedos roçando o colar. Dei uma olhada de relance para a chave presa nele e passei os dedos sobre as letras gravadas para me confortar.

Entre as mentiras de Chrystle e a brutalidade da imprensa e dos fãs, não fazia tanto tempo assim que eu me sentia mal. Melissa havia me dado o colar quando eu mais precisava. Imaginando que Jack deveria estar pior que eu, percebi que era a hora de passar o colar adiante.

Tirei o colar. Quando o coloquei no pescoço de Jack, ele olhou para mim, o rosto pálido fatigado pela dor, e ergueu as sobrancelhas. A chave de bronze caiu sobre sua camiseta branca suada antes que pudesse olhar para ela. Com a mão boa, ele ergueu a chave e a virou do lado gravado, lendo a mensagem em voz alta. — Força.

— Você precisa disso mais do que eu — disse, antes de me inclinar e dar um beijo em seu rosto desanimado. — Vamos superar isso. Não importa o que o médico diga quando passar por aquela porta. Vamos superar.

Tentei soar positiva e forte, mas estava abalada. Não sabia se Jack superaria o fato de não poder mais jogar. A imagem que tinha de si mesmo, suas esperanças, seus sonhos — toda a sua identidade — estavam em jogo. Se o pior acontecesse, eu não tinha nenhuma ideia de como ele lidaria com a perda.

O som da porta se abrindo fez com que eu afastasse o olhar de Jack e o dirigisse para trás. Ouvi os passos do Dr. Evans caminhando em nossa direção. Quando olhei, tinha um sorriso no rosto. — Boa notícia, você não precisa de cirurgia. A mão não está despedaçada. — Soltei um enorme suspiro de alívio e vi Jack fazer o mesmo. O médico prosseguiu: — No entanto, você sofreu fraturas múltiplas, aqui e ali. — Ele apontou as áreas no raio-X, e Jack ficou tenso ao meu lado. — Precisamos engessar imediatamente.

— Vou ficar quanto tempo fora? — Jack perguntou, com o rosto ainda mais branco.

— No mínimo seis semanas. Poderia ter sido muito pior. Francamente, estou surpreso que não tenha sido.

Vi Jack mover o queixo e se esforçar para manter as emoções sob controle. Ele não tinha gostado daquela resposta e não ia gostar de nenhuma. Um dia não jogando beisebol era um dia perdido para ele. Seis semanas, provavelmente, soavam como uma sentença de morte.

— Não posso deixar o time por todo esse tempo — Jack balançou a cabeça. — Não posso deixar os caras na mão.

— Jack, olhe para mim — eu pedi. — Você não vai deixar ninguém na mão. Eles vão entender e vão querer que você fique melhor. Melhor seis semanas que seis meses, não? Não vamos nos preocupar com o resto.

A expressão de sofrimento em seus olhos indicou que aquelas semanas seriam tudo... menos fáceis.

Eu sou um jogador de beisebol

JACK

Ouvir o Dr. Evans me dizer que eu estaria fora por seis semanas me deu vontade de gritar de desespero. Só que eu não gritava quando estava frustrado; eu saía esmurrando tudo. E, naquele momento, com a mão quebrada, não podia esmurrar nada.

Um milhão de pensamentos passaram pela minha cabeça de uma vez só.

Por que estendi a mão daquele jeito? Ninguém em juízo perfeito pegaria uma bola rápida vindo direto na sua direção sem luva. Foi loucura. E se minha mão nunca voltar ao normal? E se encontrarem alguém para me substituir? Seis semanas é um longo tempo para o time ficar esperando. E se eu não puder voltar a arremessar? Não queria ficar machucado. Só quero jogar beisebol. E se eu não puder jogar mais? Lutei para chegar onde estou, e não quero perder isso. Sou um jogador de beisebol. É isso que eu sou. O que vou fazer se não puder jogar?

Uma coisa era quando você escolhia deixar o único trabalho no mundo que se via executando; ser forçado a parar era outra. Mas, no fundo, raramente deixar o beisebol era uma escolha.

Prendi o fôlego, olhei para minha bela mulher e pulei da mesa. Agarrei Cassie pela mão e a puxei com força para fora daquela sala.

— Jack, pare. Está doendo. — Ela puxou a mão e eu estremeci.

— Desculpe, gatinha. Só quero sair daqui.

Cassie olhou para mim com compaixão. Quase explodi. A última coisa de que precisava era da minha mulher com pena de mim. — Não me olhe desse jeito.

— De que jeito? — Ela parou de andar e inclinou a cabeça para mim.

— Como se minha vida tivesse acabado e você só quisesse garantir que eu vou ficar bem.

Ela bufou antes de revirar os olhos verdes para mim. — Você é um idiota.

— Oi? — gritei, minha voz ecoando pelos túneis.

— É claro que quero garantir que você fique bem, Jack! Desculpe a falta de tato, mas em nenhum momento pensei que sua vida acabou.

— Você não entende — eu disse em um tom agitado e suspirei. Estava agindo como um completo babaca e sabia disso. Mas estava puto. Não podia ter exposto minha mão daquele jeito... não podia ter deixado que a bola a atingisse... que a quebrasse.

— Ah, então agora eu não entendo? Você só pode estar brincando — Cassie respondeu de estalo, num tom parecido com o meu, então virou e se afastou.

Droga.

Eu precisava parar de fazer aquilo com ela, não era justo. Irritado comigo mesmo, estapeei minha cabeça antes de correr para alcançar Cassie. Agarrei seu braço com a mão boa, puxando-a desesperadamente para que parasse. — Gatinha, sinto muito. Estou furioso comigo mesmo, não com você.

Ela concordou com a cabeça, seus longos cabelos louros balançando com o movimento, depois soltou um suspiro. — Eu sei — ela disse, enlaçando meus dedos e me puxando em direção ao estacionamento.

Assim que entrei no carro, fiquei olhando Cassie procurar na agenda o número do meu irmão. Ela já devia ter avisado Matteo, porque ele me dissera duas palavras e estava evitando me olhar. Cassie era boa. Não devia ter sido tão babaca poucos minutos antes.

Estendi minha mão livre e apertei sua coxa. Ela me olhou de relance, parecendo ainda um pouco cautelosa. — Obrigado — sussurrei.

— Pelo quê? — Ela parecia confusa. Apertou seu corpo junto ao meu para manter a conversa em particular.

— Você sabe. — Fiz um sinal com a cabeça na direção de Matteo e ela deu de ombros. Escolhi sabiamente a mulher com quem ia me casar. Ela era a melhor coisa que tinha me acontecido. Eu não podia nos separar. Não de novo.

Cassie voltou a atenção para o telefone e vi quando o nome de Dean apareceu na tela. O telefone tocou duas vezes antes que a voz do meu irmão saísse do alto-falante. — E aí?

Cassie desligou o viva-voz e prendeu o fôlego ao erguer o telefone até o ouvido. — Ei, Dean. Só queria contar antes que você visse no *SportsCenter* ou algo assim. — Ela fez uma pausa breve, antes de continuar. — Jack quebrou a mão.

Eu podia imaginar as perguntas que meu irmão disparava do outro lado. Não conseguia discernir nenhuma de suas palavras depois que Cassie o tirou do viva-voz.

— Jack arremessou e o cara rebateu a bola direto nele. Jack ergueu a mão para parar a bola ou algo assim. Mas bateu com tudo e agora ele está com fraturas múltiplas.

Cassie ficou em silêncio e eu sabia que Dean estava falando sem parar. Dei uma olhada no espelho retrovisor e notei Matteo prestando atenção também.

— Não pense que você vai conseguir uma folga ou qualquer coisa assim — bradei em sua direção.

— Nem sonharia com isso — ele respondeu, sem perder a calma.

— Ainda tenho que ir para o campo todo dia para malhar, e vou precisar que você me espere — informei, com uma risadinha maliciosa.

— Vou ter que ver com meus outros clientes. — Ele ergueu suas sobrancelhas e olhou para Cassie. — Você ainda tem que ir aos jogos e coisas assim?

Fiz que sim. — Tenho que ir nos jogos locais e ficar no banco.

— E quando o jogo for fora?

— Aí fico treinando aqui.

— Então você não vai viajar com eles?

— Não. Só daqui a seis semanas. — Suspirei, de repente nervoso.

Cassie pareceu estar terminando a ligação. — Certo. Ligo amanhã. Você avisa a vovó e o vovô? — Ela fez uma pausa. — Muito obrigada. Sim, vou dizer. Tchau.

Cassie desligou e virou para mim. — Dean disse para você levar numa boa e não fazer nada idiota.

— E o que eu poderia fazer?

— Não tenho ideia. Ele é seu irmão — ela zombou, e eu a agarrei.

— Ah, é? Bom, agora ele é seu irmão também. — Um sorriso apareceu em seu rosto e ela se afastou de mim. Eu me inclinei e rocei os dentes em sua orelha, passando a ponta da língua antes de sussurrar: — Amo seu sorriso. É muito sexy. Muito mesmo. Não fique brava comigo. Sinto muito.

Cassie virou e eu grudei minha boca na dela antes que ela pudesse responder. Seus lábios se abriram ligeiramente e ela deu um gritinho, que lançou uma mensagem diretamente à minha virilha, então chupei seu lábio inferior ligeiramente, depois passei a língua sobre ele e a deslizei para dentro da boca de Cassie. Meu pau pulsava, substituindo o tremor das minhas mãos quando descobri que eu tinha a cura para quaisquer ossos quebrados ali dentro do carro comigo.

Minha mulher quente como o inferno.

Matteo tossiu. — Hã. Chegamos, adolescentes cheios de hormônios.

Cassie guinchou e dei risada quando interrompemos o beijo. — Obrigado, empata-foda. — Olhei para ele antes de abrir a porta do carro. — Ligo quando souber a agenda das próximas semanas.

Ele fez que sim. — Combinado.

Entramos no prédio e fomos direto para o elevador. As portas fecharam e prendi Cassie contra a parede.

— Jack, o quê...?

— Fique quietinha — exigi, antes de silenciá-la com minha boca. Belisquei seus mamilos e então explorei seu pescoço. Minha mão não quebrada seguiu as curvas de sua cintura, descendo pelos quadris e finalmente segurando sua bunda. Apertei, fazendo-a gemer, e achei que meu pau fosse explodir ali mesmo. Eu precisava entrar nela. E agora.

O som do elevador chegando ao andar interrompeu meu ataque sobre a boca irresistível de Cassie. Eu me movi para agarrá-la com a mão quebrada e rapidamente troquei de braço. Estendendo-me para pegá-la, puxei-a com um pouco de agressividade demais para mim e ela arrancou a mão da minha.

Não pedi desculpas. Preferi pegar a chave, lembrando-me de fazer tudo com a outra mão. Você nunca percebe como faz as coisas naturalmente até ser forçado a isso. Minha mão esquerda sempre tinha sido completamente confiável, minha mão infalível... até que quebrou e parou de funcionar. Agora eu tinha que lembrar como desempenhar a mais prosaica das tarefas com a outra mão.

Repeli a frustração que parecia estar se instalando em mim. Eu precisava fazer alguma coisa para me sentir como um homem. Quando finalmente consegui abrir a porta da frente, tentei agarrar Cassie, mas ela me deteve com as mãos no peito.

— Não vamos conversar sobre isso?

— O quê?

— Sua mão. Quero saber o que você está pensando.

Dei uma risada raivosa. — Claro, gatinha, vamos conversar. Depois que você me der o que eu quero, vou dar o que você quer.

Eu precisava comer minha mulher. Precisava possuí-la, dominá-la, mostrar a ela que ainda era o homem na relação, mesmo que não fosse o homem no campo. Seus olhos se apertaram e seus lábios se retorceram em um rosnado. Ela estava ansiando por uma briga e eu queria arrancar aquela expressão do seu rosto.

— Não é assim que funciona, babaca — Cassie retrucou, e eu imediatamente estufei o peito.

— Não dê uma de durona comigo. Você sabe que quer. — Passei a mão pelo meu corpo, e ela riu. — Então, agora sou motivo de risada? Vou mostrar para você que não tem graça nenhuma.

Entrei tempestuosamente na sala antes de parar diante de uma das muitas jarras de vidro cheias de moedinhas. Lembrando-me das moedinhas que eu guardara desde nosso primeiro encontro, quando Cassie disse que custaria cinquenta centavos cada vez que eu a tocasse, sorri para mim mesmo. Ela tinha tentado ser sarcástica, mas seu escudo caiu quando derramei um saco de moedas na mesa do restaurante onde estávamos. Segurando duas moedas entre meus dedos não quebrados, caminhei de volta para onde Cassie estava. Ela não tinha se movido. Nem um músculo. Queria aquilo tanto quanto eu, não importava o quanto fingisse.

— Abra as mãos. — Cassie me olhou atentamente, mas se recusou a fazer um só movimento. — Eu disse abra as mãos, gatinha.

Ela lentamente abriu as mãos diante do corpo, e eu deixei cair as moedas nelas.

— Agora, entre no quarto.

Ficar machucado não funciona para nós

CASSIE

Jack estava uma montanha-russa de emoções, levando-me junto em uma jornada cheia de solavancos. Em um minuto era doce e atencioso; no outro, era grosseiro e obsceno. Incerta de com qual Jack estava lidando, fiquei quieta na cama assim que o sexo terminou, tentando descobrir o que havia acabado de acontecer entre nós.

Jack sempre me dominava no quarto, mas aquilo era inteiramente diferente. Ele tinha dado uma de mandão, fazendo exigências que nunca fizera. Empurrou e puxou o meu corpo como se fosse propriedade dele. Em circunstâncias diferentes, eu talvez tivesse ficado excitada com a agressividade, mas não daquele modo. Não depois de meu marido ter quebrado a mão e possivelmente encerrado a carreira. Ele não estava em seu juízo perfeito e seu desempenho no quarto apenas provou isso.

Eu nunca contaria a ele que me passava pela cabeça que sua carreira talvez estivesse acabada. Claro que passava. Eu não era uma idiota. Fraturas múltiplas poderiam sarar, mas haveria complicações. Todo mundo sabia disso. Jack precisava da mão para trabalhar. Seus dedos eram exigidos para agarrar e manobrar as costuras da bola produzindo diferentes arremessos. Se a força da pegada não fosse a mesma, tampouco seriam os arremessos. E a ideia de Jack sem beisebol me assustava.

Eu sabia que ele estava evitando falar sobre o ferimento pela mesma razão. Não era a única assustada, mas ao menos reconhecia isso. Olhando para seu corpo suado, os contornos do peito subindo e descendo a cada respiração, queria fazer sua dor e sua mágoa sumir. Ele estava mais silencioso do que nunca e eu sabia que estava mergulhado no fundo de sua própria cabeça.

Embora fosse ótima em construir barreiras emocionais, Jack também podia ser muito bom nisso quando queria. A lembrança de como eu me comportara no início do relacionamento me inundou. Recordei todo o tempo em que eu guardei meus sentimentos, recusando-me a sobrecarregá-lo com qualquer drama pessoal. O único problema era que não conversar com Jack resultava numa sobrecarga pessoal e a única solução que eu via era fugir. Desesperada para manter a comunicação entre nós, toquei seu peito levemente. — Jack? — sussurrei, relembrando o que tinha acabado de acontecer.

Ele se virou para me encarar. — Sim? — Continuava parecendo irritado.

— Só queria conversar sobre como você está se sentindo e no que está pensando.

Ele rosnou: — Cassie, podemos não fazer isso hoje, por favor? Você não pode me dar só uma noite para pensar antes de me fazer botar tudo pra fora?

Lutei contra as lágrimas que ameaçavam sair e me virei para não encarar seu olhar feroz. — Você disse que íamos conversar depois.

— Eu menti. Vamos dormir.

De repente, eu me senti muito pequena. Não estava habituada àquele Jack e não gostava dele. Nunca havia agido tão duramente comigo quando eu só queria conversar. Parecia indiferente, frio. Meu cérebro sabia que era apenas uma fachada, mas meu coração não podia aceitar a dor. Ser tratada daquele modo por Jack, entre todas as pessoas, doía mais do que eu podia expressar. Estávamos casados agora. Ele não se sentia diferente? Eu com toda a certeza me sentia. Ou me sentira até cerca de cinco minutos antes.

Enxugando as lágrimas que eu não conseguia impedir de cair, silenciosamente, fiz um trato comigo mesma de dar a ele um tempo para assimilar e lidar com o que acontecera naquela noite, mas depois, ele precisava se controlar. Eu não ia suportar aquela atitude para sempre, e deixaria isso muito claro se fosse necessário.

Acordei na manhã seguinte com a luz entrando, já que eu tinha me esquecido de fechar as cortinas na noite anterior. Você se esquece de fazer as coisas mais tolas quando está ocupada com outra coisa ou em uma situação inesperada. Prendendo um pouco o fôlego, olhei para Jack, que parecia estar dormindo pacificamente de costas, com a mão engessada sobre o peito nu.

Levantei e caminhei silenciosamente para o banheiro para me preparar para o trabalho.

— Cassie, você pode fechar a porra das cortinas? — A voz cortante de Jack me interrompeu.

Aparentemente uma boa noite de sono não havia feito nada para mudar sua atitude. Não importava quão lindo eu achava que ele era, não podia lidar com aquele jeito horrível por muito tempo. Ele estava testando minha paciência e meu estoque já era baixo. Lutando contra a vontade de dar uma resposta grosseira ou me defender, simplesmente fiz o que ele queria antes de entrar no banheiro e fechar a porta. Encarei meu reflexo por uns bons cinco minutos antes de tentar fazer qualquer coisa com meu cabelo ou meu rosto.

Ele vai superar.

Tem que superar.

Certo?

Inspirando profunda e longamente, fechei os olhos e pedi forças. Assentindo com firmeza para mim mesma, estendi a mão para pegar meu estojo de maquiagem e coloquei o conteúdo em cima da pia antes de começar.

Quando voltei do trabalho naquela noite, Jack não estava lá. Eu havia esquecido completamente que o Mets tinha um último jogo em casa antes de pegar a estrada por dez dias. Ele não tinha mencionado que iria, mas eu sabia que era sua obrigação. Liguei a TV no canal de esportes só para ter certeza. A imagem mal tinha clareado quando ouvi alguém falando sobre "a mão arrebentada" de Jack, e seu rosto apareceu na tela de alta definição. Ele parecia péssimo.

Quando Jack chegou em casa, eu mal podia manter os olhos abertos. Mesmo assim, fingi que ia pegar um copo de água na cozinha.

— Como foi o jogo? — perguntei, tentando soar animada e solidária. Jack não respondeu. Ele mal me lançou um olhar de relance antes de desviar de mim e entrar no quarto.

O silêncio me deixou desnorteada.

Fiquei sozinha na cozinha, os pés descalços pressionando o piso de ladrilho frio enquanto punha a mão no peito. A sensação de espanto, assim como veio, desapareceu. A raiva ocupou seu lugar e gritei de onde estava: — Você vai fingir que não me ouviu? — Eu esperei por uma resposta antes de gritar outra vez: — Não vai mesmo falar comigo?

Silêncio.

Eu não tinha certeza do que era pior: o silêncio ou a grosseria. Antes pelo menos ele falava. Não que fosse agradável.

Ele não falou comigo por mais dois dias.

Mais. Dois. Dias.

Quando se está vivendo nesse tipo de inferno, dois dias podem bem parecer dois anos. Duraram a vida toda, porque eu estava completamente infeliz. Tudo na minha vida estava afetado, do segundo em que meus olhos se abriam até o momento em que minha mente me permitia dormir à noite. Eu estava consumida pelo comportamento de Jack e pelo fato de que não conseguia chegar a ele.

Olhava fixamente para o telefone e me impedia de ligar pelo menos dez vezes por dia. Parte de mim não conseguia lidar com a ideia de que ele deixaria entrar no correio de voz sem pensar duas vezes. Dei uma olhada no anel de noivado e na aliança de casamento, subitamente nervosa, porque aquilo que tínhamos acabado de compartilhar com família e amigos já estava ameaçado. Certamente tínhamos passado por desafios mais difíceis que aquele.

Não tínhamos?

Eu odiava os pensamentos que surgiam na minha cabeça, mas e se a carreira de beisebol de Jack tivesse acabado? Era assim que meu marido ia ser de agora em diante, ríspido e raivoso o tempo todo? Eu sabia que não seria capaz de lidar com aquilo para sempre, independentemente do quanto o amasse. Queria Jack de volta.

Nora interrompeu minhas cismas quando me chamou para discutir o problema. — Feche a porta — ela exigiu, assim que entrei.

Fechei a porta, caminhei para a cadeira diante dela e me sentei. Dei risada quando Nora me fuzilou com o olhar, a boca se contorcendo em desagrado.

— Quebrou a mão, hein? Aposto que está sendo uma alegria viver com ele neste momento. — Ela deu uma batidinha com a caneta em um bloco de anotações.

— Ele está um doce. Como você sabe? — perguntei, imaginando como ela tinha acertado.

— Jack é um desses. Um homem-homem, se você me entende. Não consigo imaginar que goste de se sentir impotente. E tenho que dizer, Cass, é exatamente assim que ele se sente no momento.

— Você está absolutamente certa, mas é horrível. Ele está agindo como um completo cretino. — Fiz um beicinho, procurando compaixão, compreensão ou coisa parecida.

Nora inclinou a cabeça quando um ligeiro sorriso passou por seus lábios. — Claro que ele está. Não sabe mais o que fazer. Ele não sabe *quem* é além de um jogador de beisebol. — Nora fez uma pausa antes de me olhar diretamente nos olhos. — Ele está assustado. Talvez nunca admita, mas está aterrorizado com a ideia de perder o beisebol.

Senti a realidade na garganta e a engoli. — Eu sei. Mas isso não dá a ele o direito de...

Nora estalou a língua e me interrompeu no meio da frase. — Não, isso não dá a ele o direito de te tratar mal. Mas você tem que dar um tempo a ele.

— Você não tem nenhum trabalho em outro país para mim? — sugeri, com um riso desanimado.

— Não, não tenho — ela disse, severa. — E mesmo que tivesse, não mandaria.

— Por que está pegando no meu pé? — eu disse meio de brincadeira, mas parte de mim se perguntava por que estava sendo tão dura comigo.

Nora ergueu o olhar e um fio solto caiu sobre um olho. — Não estou pegando no seu pé. Simplesmente me recuso a ajudar você a fugir. Ele vai superar isso. E você vai estar lá quando conseguir. Só precisa ter paciência agora.

— Não é o meu forte — eu disse. — Ser paciente, quero dizer.

— Querida, você é uma mulher. Pode fazer qualquer coisa. E vai fazer. — Nora sorriu e fez um gesto com a mão para que eu saísse. — Agora vá e me mande alguma coisa bonita para ver. Os fotógrafos novos não são como você.

Sem dizer nada, saí da sala de Nora e fui para o meu cubículo. Como já tinha feito um milhão de vezes, chequei meu celular e o telefone da mesa; nenhum deles tinha uma chamada perdida. Eu odiava viver daquele jeito.

Mas Nora estava certa. Podia fazer aquilo. Jack faria o mesmo por mim, não faria? Mas, àquela altura, eu não sabia mais o que ele faria.

Imaginei que Jack continuaria em silêncio quando eu chegasse em casa, então nem me dei ao trabalho de dizer alguma coisa quando entrei e o encontrei vendo TV na sala.

— Cassie, traga uma cerveja.

Fiquei paralisada. Não andei, não me mexi, não respirei. — Ah, agora você está falando comigo? — gritei, ainda surpresa com seu tom.

Sua cabeça desgrenhada virou na minha direção. — Do que você está falando?

Joguei a bolsa e a chave na mesa do corredor e caminhei para a sala. Não aguentava mais. Com as mãos na cintura, berrei — Você está delirando ou algo assim? Nem notou que não fala comigo há três dias?

Jack voltou a olhar para mim de seu habitual lugar no sofá de couro, a mão engessada pousada num travesseiro e seus pés cobertos por meias apoiados na mesa de centro. Vi quando suas sobrancelhas se franziram antes de se soltarem lentamente. — Você está exagerando — ele disse, categoricamente. — Me dê uma cerveja. — Depois voltou os olhos para o jogo do Mets contra o Astros na televisão.

Tentada a tirar uma cerveja da geladeira e arremessar na cabeça dele, corri nervosa para o quarto. — Tire sua bunda daí e pegue você mesmo — gritei antes de bater a porta com força.

Senti lágrimas de raiva se formando nos meus olhos. Queria gritar e atirar coisas. Eu me sentia uma prisioneira em minha própria casa. Independentemente do que Jack estivesse passando, eu não queria estar por perto, porque sua rejeição me magoava muito. As lágrimas não caíram: eu estava muito ocupada me sentindo irritada para perder tempo chorando. Agarrando um livro, afundei nos travesseiros e o abri ruidosamente, querendo apenas fugir do inferno que nossa vida tinha se tornado em tão pouco tempo.

— Pare de agir como uma vaca — Jack gritou do outro lado da porta fechada.

Perdi o controle. Ele acabara de me chamar de vaca? Jack nunca falara comigo daquele jeito. Nunca. Fechei o livro com força e liguei para a única pessoa que talvez pudesse ajudar. O telefone tocou cinco vezes e eu tinha quase desistido quando ouvi uma voz arfante dizer:

— Alô?

— Dean?

— E aí?

Sorri, o que quase não tinha feito nos últimos dias. — Você está ocupado? É uma hora ruim? — Podia ouvir que ele estava respirando com dificuldade.

— Não, tudo bem. Só tive que correr até aqui em cima.

— Você acha que poderia passar uns dias aqui? Sei que está ocupado com o trabalho, mas qualquer tempinho seria ótimo. Preciso de ajuda com Jack.

Ele soltou uma risada resfolegante ao telefone. — Ele está tão mal assim?

— Vamos apenas dizer que não estamos nos dando bem agora, então talvez você deva vir para dar um pau nele.

Dean riu. — Vai ser um prazer dar uma tremenda surra no Jack. Mas o que ele está fazendo?

— Dean. — Fiquei séria de repente. — Ele literalmente não me disse uma palavra em quase três dias. Uma. Palavra — repeti, pausando para criar um efeito.

— Hã? Você está brincando — Dean disse, quase rindo.

Frustrada, dei um soco na minha própria coxa. — Não estou. Não é engraçado. Preciso de ajuda.

— Certo, desculpe. Não posso acreditar que ele esteja fazendo isso — ele disse. — Quer dizer, até posso. Mas não posso acreditar que esteja fazendo isso com *você.*

— É bem horrível — admiti.

— Quando você quer que eu chegue?

Suspirei de alívio. — Vou cuidar de tudo, pode deixar. Passe sua agenda por e-mail.

— Ryan e Marc me deixam sair de folga sempre que eu precisar. Escolha o melhor dia para vocês e estarei aí.

— Muito obrigada, Dean. Vejo você logo. — Levantei e abri a porta do quarto. A casa estava escura.

Quando acendi a luz da cozinha, ouvi: — Finalmente saiu para me pegar aquela cerveja? — A voz de Jack cortou o fiapo de esperança que eu tinha tecido.

Mordi a língua com tanta força que quase tirei sangue. Não queria perder o controle, mas Jack tornava aquilo muito difícil.

Ao ver meu silêncio, ele gritou: — Não imaginei que fosse tão difícil pegar uma cerveja para o marido machucado. — Jack era implacável.

— Pelo amor de Deus. Não é como se você não pudesse levantar e pegar você mesmo. — Eu me inclinei e inspirei profundamente, tentando me acalmar.

— Você acha que eu não sei o que pensa de mim? — ele gritou, virando o rosto para me encarar, com os olhos ardendo.

O quê?

Eu me levantei no pequeno espaço entre nosso quarto e a cozinha, espantada com o desabafo. Não tinha ideia do que Jack estava falando e não estava segura de como responder sem piorar tudo.

Seu belo rosto se contorceu numa expressão de desprezo. — Viu? Você nem consegue admitir! Ao menos diga na minha cara.

— Jack — eu disse, com cautela. — Não tenho a menor ideia do que você está falando. — Eu me remexi, desconfortavelmente.

— Não minta para mim, Cassie. O mínimo que pode fazer é não mentir para mim. — Sua voz assumiu um tom desesperado e isso fez meu coração doer. O sofrimento de Jack era tão verdadeiro que poderia ser visto em um eletrocardiograma.

Virando-me para encará-lo enquanto se mantinha sentado no sofá, soltei um suspiro. — Não estou mentindo. Eu amo você. — Eu queria transpor o espaço entre nós e fechá-lo, envolver Jack com meus braços e garantir que tudo ficaria bem, mas estava assustada demais. Não podia fazer esse tipo de promessa e nós dois sabíamos disso.

A desconfiança passou por seu rosto, mas depois sua expressão se estabilizou em uma máscara de rancor. — Mas não me ama quando estou assim machucado. Você ama um jogador de beisebol, não um homem. E eu não sou mais um jogador de beisebol. Sou indigno no campo e indigno no lar. Sei que é isso que você pensa. E não a culpo, mas, pelo menos, admita.

Meu coração se contorceu diante do tormento evidente em seu rosto. Eu queria desesperadamente trancar a dor e a insegurança em uma caixa, e então queimá-la até transformá-la em cinza para que Jack nunca mais se sentisse desse modo. Ver meu marido confiante reduzido àquela casca de homem me esmagava.

Fui em direção a ele, mas Jack disse asperamente: — Não! Não me dê esse olhar de pena. Não tenha dó de mim, Cassie! Não mereço. E não quero. Só me deixe em paz.

— Chega! — gritei, com um soluço. — Não posso fazer mais isso! — Tapei a boca com a mão e desmoronei, lágrimas de frustração caindo, inesperadamente.

Jack apertou os olhos e gritou: — Eu sabia! Sabia que você não aguentaria.

Sua voz me queimou como um veneno e eu apoiei meu corpo trêmulo contra o balcão.

Ele não quis dizer isso.

Ele não quis dizer isso.

Ele não quis dizer isso.

Era fácil para a cabeça saber a verdade, mas meu coração estava ocupado demais se despedaçando para ouvir.

Tremendo, de mágoa ou raiva, enxuguei o rosto e disse: — Só quis dizer que não posso mais lidar com essa atitude. Dean está vindo e é melhor você se controlar.

Eu tinha mesmo pensado como ia avisar que Dean viria. Aquela era a oportunidade perfeita.

— Como assim? Quando vocês dois tramaram isso? — ele perguntou, batendo com força com a cerveja fechada na mesa de centro.

Ele já tinha pegado uma cerveja? Como assim?

— Hoje. Não posso lidar com você desse jeito, Jack. Só está pensando em você mesmo.

Ele fechou a mão boa antes de desviar os olhos. — Não sei por que você acha que trazer Dean vai ajudar.

— Nem eu sei — suspirei, antes de me afastar. Parecia que era só isso que eu fazia ultimamente, afastar-me dele em vez de caminhar em sua direção. Fiquei pensando se Jack realmente pensava que eu iria abandoná-lo ou desistiria. Provavelmente, era o que parecia. Mas a verdade era que eu precisava deixá-lo sozinho, dar espaço antes de dizer alguma coisa de que pudesse me arrepender. Estávamos, claramente, infelizes, e eu não queria piorar tudo. Ficar longe dele era o único meio em que eu conseguia pensar para pararmos de brigar.

Bem-vindos à Nova York

CASSIE

Batendo o pé, eu esperava no setor de retirada de bagagens do aeroporto JFK por Melissa e Dean. Fiquei tentada a fazer um cartaz falso parabenizando pelo nascimento dos sêxtuplos, mas vetei a ideia e fiquei esperando de mãos vazias, com um sorriso ansioso no rosto. A cabeça coberta de cachos de Melissa apareceu primeiro, sendo seguida pelo corpo musculoso de Dean pairando muito acima dela.

Quando Melissa soube que Dean viria, ela se convidou para vir junto, alegando que não era justo que Dean visse nossa casa primeiro. Embora ela já tivesse vindo a Nova York centenas de vezes, fazia anos desde a última visita. Concordei imediatamente, mas lembrei que tínhamos apenas um quarto de hóspedes, então, pedi que não brigassem pela cama. No fim, eles concordaram em dividi-la e pensei comigo mesma se poderia lançar um feitiço de amor sobre ela antes que chegassem. Devia ter procurado um na internet.

Acho que nós todos estávamos cansados de esperar pela inevitável união de Dean e Melissa. Mas será que não parecia inevitável apenas para quem estava do lado de fora? Ninguém sabia o que tinha acontecido entre eles.

Melissa olhou ao redor, curiosa, e me agarrou com as duas mãos.

— Jack não veio? — ela perguntou, e eu soltei um grunhido sarcástico.

Dean me olhou com compaixão. — Vou dar um chute na bunda dele. Está tudo bem. — Ele me envolveu com seus braços fortes e me deu um abraço apertado.

Balancei minha cabeça em sinal negativo — Não está nada bem, Dean. Nem mesmo perto disso.

Caminhamos lado a lado em direção à esteira de bagagens. — Está tão mal assim? — Melissa perguntou em voz baixa.

Fiz que sim. — Nunca tinha visto esse lado dele. — Incapaz de comparar a atual personalidade de Jack a qualquer um dos humores que testemunhara desde que o conhecera, eu me virei para Dean. — Ele já se comportou assim alguma vez?

Dean deu de ombros. — Não que eu lembre. Ele ficou bem mal quando vocês se separaram, mas não agia como um babaca. Pelo que você me contou, nem parece meu irmão.

Fiquei aliviada com essas palavras. — Estava torcendo para ouvir isso.

— Por quê?

— Porque isso significa que essa não é uma parte dele, sabe? É só algo pelo qual ele está passando agora. — Balancei a cabeça para mim mesma antes de continuar. — Eu acho que posso lidar com isso, se souber que um dia vai acabar.

— Bem, então é melhor você rezar para que ele volte a arremessar daqui a seis semanas.

A verdade dessa frase sugou o ar dos meus pulmões e eu quase passei mal no meio do aeroporto. Dean estava certo. Embora eu não fosse do tipo que rezava, iria, decididamente, começar naquela noite.

Paramos. Pessoas de outros voos começaram a encher o espaço entre nós. Melissa olhou ao redor. — Algum paparazzo seguiu você até aqui?

Sorri. — Eles sumiram desde que o artigo com Vanessa saiu. Mas estou surpresa que não tenham pegado no meu pé depois que Jack se machucou.

— Agradeça aos céus.

— Ah, eu agradeço. A última coisa de que preciso é que saibam do humor de Jack.

Melissa deu uma olhada ao redor. — E onde está o motorista gostosão? — ela disse, erguendo as sobrancelhas em tom de brincadeira. Dei um tapa em seu ombro.

— Está em casa com a mulher grávida, sua assanhada. Ela não estava se sentindo bem e eu disse que podia vir com outro motorista.

— Ah, que pena — ela disse, formando o famoso beicinho de Meli.

Dei uma olhada para Dean, que tentava fingir que aquilo não o incomodava, mas sua linguagem corporal dizia outra coisa. Suas costas haviam se enrijecido e seus lábios estavam pressionados um contra o outro em um ligeiro arreganhar de dentes. Olhando de volta para Melissa, perguntei: — E quem precisa de Matteo quando tem Dean?

Ele deu uma olhada para mim, um sorriso sarcástico substituindo o arreganhar de dentes. — Todos nós sabemos que não sou bom o bastante para a princesa Melissa aqui.

— O quê? — Melissa respondeu, prontamente. — Quem disse que você não é bom o bastante para mim? E não me chame de princesa!

Eu podia sentir a tensão entre eles, e suspirei.

Dean apertou os olhos de avelã e baixou o rosto de encontro ao dela. — Se você não achasse isso, princesa, estaríamos juntos.

Ela revirou seus olhos. — Nós estamos juntos, bobo.

— Eu quis dizer que seríamos um casal, e você sabe disso. Pare de evitar o assunto.

— Não estou evitando nada. Você nunca nem perguntou — Melissa gritou.

— Nem perguntei? O que eu perguntaria? Nem sei do que você está falando! — Dean jogou as mãos para o alto e ficou andando de um lado para o outro. — Você me enlouquece, sabia?

Melissa balançou os ombros magros. — Eu não fiz nada.

Ele parou de andar e apontou para ela. — Você não fez nada? VOCÊ NÃO FEZ NADA? — ele repetiu, enquanto seu rosto ficava vermelho.

— Foi o que eu disse. — Ela olhou para mim antes de sorrir e mexer nos cabelos.

Eu morreria se tivesse que ouvir esta disputa verbal durante todo o fim de semana. Entrei no meio e gritei: — Puta merda, calem a boca. Resolvam isso no quarto. Por favor, por tudo o que há de mais sagrado... resolvam isso.

— É o que venho tentando fazer nos dois últimos anos — Dean disse, rangendo os dentes.

— Você sempre bota a culpa em mim! — Melissa gritou antes de se afastar com pisadas vigorosas.

As mãos de Dean voaram para a cabeça e ele enfiou os dedos entre os cabelos. — Ela ainda vai me matar. Olhe só.

Fiz o que ele pediu e sufoquei um sorriso. Melissa estava tentando tirar sua mala da esteira. A coisa parecia duas vezes maior que ela e Melissa estava sendo arrastada enquanto a puxava, incapaz de puxá-la e colocá-la no chão.

— Vamos lá — eu disse, dando uma cotovelada em sua costela.

Quando entramos no carro, eu sentei no assento de trás entre Dean e Melissa, sentindo-me como um juiz, preparada para soprar o apito e gritar "Tempo!". Mas um não olhava para o outro. Estes seriam dias longos.

Dean olhava fixamente pela janela do carro, seus olhos se arregalando conforme a vista. Lembrei quão viva me senti na primeira vez que vi esta cidade. Meu coração estava despedaçado por causa de Jack e Nova York parecia o único lugar onde poderia curá-lo. A cidade zumbia de energia durante o dia, o que parecia ainda mais forte à noite. Eu amava aquele lugar.

— Espere até ver a vista da sacada.

Dean virou para mim. — Não consigo acreditar que vocês moram aqui.

— É demais, né? — eu sorri.

— Nunca vi nada parecido.

O motorista estacionou em frente ao nosso edifício. — Chegamos.

Dean não esperou que ele abrisse a porta. — Parece algo saído diretamente da Disney — ele disse, dando uma olhada para as luzes que se enfileiravam sobre o toldo da entrada do prédio. Dei risada.

— As luzes são iguais, eu sei. No cinema da Main Street também. Mas nem dá pra notar isso de dia. Vamos entrar. Obrigada, Pete. — Sorri para o motorista quando ele descarregou a última mala.

Melissa olhou diretamente para o céu noturno. — Vinte e três andares?

— Sim — respondi, antes de passar o braço em torno dela. — Não é tão ruim. Só não olhe para baixo. — Ela deu um gritinho.

O porteiro abriu a porta da frente para que passássemos — Boa noite, senhora Carter.

— Boa noite, Antonio. Este é Dean, irmão de Jack, e minha melhor amiga, Melissa. Eles vão ficar conosco por uns dias, pode deixar que entrem livremente.

Antonio analisou o rosto deles, como que os guardando na memória. — Pode deixar. Espero que aproveitem. — Ele inclinou a cabeça. — Ah, senhora Carter, diga ao senhor Carter que sentimos falta dele no campo e esperamos que melhore logo.

Forçando um sorriso, eu disse que transmitiria a mensagem, mas por dentro desmoronei. — Espero que estejam preparados — adverti Dean quando o elevador chegou e entramos.

Ele fez que sim. — Mas posso só dizer que esse lugar é demais? Um porteiro? Luzes da Disney? Mal posso esperar para ver o apartamento.

Reprimi uma risada. Dean parecia um menininho empolgado. — É muito lindo. Temos sorte.

Minha mente recuou ao dia em que entramos no apartamento pela primeira vez. Jack tivera um raro dia de folga e encontrara aquele lugar depois de pesquisar a manhã inteira. Foi amor à primeira vista para mim — amei os balcões de granito, os detalhes em aço inoxidável, a suíte enorme e o banheiro de mármore também enorme. A vista da cidade que a sacada proporcionava era simplesmente um estímulo a mais para a fotógrafa em mim. Eu me apaixonei pelo apartamento no momento em que entrei.

Jack, por sua vez, nem explorou todo o lugar. Só esperou minha aprovação, dizendo que tudo o que importava era que eu gostasse. Já tinha sido convencido pelo porteiro, pela segurança vinte e quatro horas e pela academia.

— Cassie? Olááááááá — Melissa acenou com uma mão em frente aos meus olhos, forçando-me a voltar à realidade.

— Desculpe — eu disse, com um sorriso tímido. — Estava pensando na primeira vez que vimos este lugar. — Afastei a lembrança e saí do elevador.

Quando abri a porta da frente, as sombras da televisão e as luzes da cidade dançavam nas paredes em geral escuras. As janelas do teto ao chão ofereciam uma bela visão da cidade e Melissa deu um gritinho sufocado enquanto puxava a mala para dentro.

— Uau. É incrível. Que vista, Cass!

— Puta merda, é demais! — Dean concordou, enquanto as rodinhas de sua mala guinchavam.

Melissa se inclinou para mim e sussurrou — Onde está Jack?

— Estou tentando dormir, mas vocês são muito barulhentos! — A voz irritadiça de Jack dispersou o momento agradável, deixando todos de sobreaviso.

Apertei os lábios e meus olhos imediatamente se encheram de lágrimas. Fiz um sinal em direção ao sofá.

— Quanta educação — Dean zombou, antes de entrar na sala e acender todas as luzes que encontrou.

O apartamento se iluminou como um *show room*. — Apague essa porra — Jack praguejou, olhando ferozmente para o irmão. Por um momento, sua aparência me constrangeu. Ele se recusava a fazer a barba com a mão direita e não me deixava ajudar. Parecia um maltrapilho.

— Não seja grosso — Dean retrucou.

— Não venha aqui — Jack grunhiu, antes de cobrir os olhos com um travesseiro.

— É bom te ver também — Dean disse, afastando-se do irmão. — Onde fica o quarto de hóspedes?

Enxuguei uma lágrima solitária que escorria, sem ânimo para esse tipo de interação. — Desculpe. É por aqui. — Conduzi Dean para o fundo do apartamento. — Nosso quarto é do outro lado da cozinha. Este é o banheiro. Quero que se sinta em casa.

— Nunca vi Jack desse jeito. Ele nem olhou para mim — Dean disse, preocupado.

— Eu disse que ele estava mal.

— Eu sei. — Dean tomou fôlego. — Preciso de um minuto.

— É claro. Fique à vontade. Jack vai estar aqui. — Eu me virei para sair do quarto e encontrei Melissa.

— Este é o quarto? — ela perguntou, examinando o lugar.

— Isso. O banheiro está atrás de você. Sinta-se em casa. — Inspirei profundamente, depois dei um abraço nela e sussurrei: — Tome conta de Dean, por favor. Não brigue com ele. Você vai acabar com o cara.

Melissa ficou chocada com minhas palavras. — Que exagero!

— Não estou brincando. Ele precisa de você — eu disse enfaticamente antes de me afastar.

O estado de espírito de Nova York

JACK

Depois de dormir duas noites seguidas no sofá, acordei com dor nas costas. O ruído constante de conversas me lembrou de que meu irmão e Melissa estavam aqui.

Ótimo.

Tinha que ficar claro para todos que eu estava evitando minha mulher. Minha mente girava com pensamentos que nunca imaginei que teria. A ideia de que minha carreira no beisebol estava acabada na verdade acabara comigo.

Literalmente.

Eu não conseguia mais agir como um ser humano normal. Esse pensamento me transformara num babaca irreconhecível. E a pior parte era que eu sabia disso. Estava completamente consciente do meu comportamento, mas não podia impedi-lo. Minha mente mandava minha boca não dizer o que estava prestes a dizer, mas era inútil.

Muito embora eu quisesse pedir desculpas, não pedia. Era como se tivesse começado a cavar um buraco e, depois que entrara nele, não conseguisse parar de cavar. Queria ir fundo o suficiente para poder me enterrar lá dentro e nunca mais ver a luz do dia. Era assim que eu me sentia sem o beisebol.

— Ei, babaca.

Tossi ao ouvir a voz do meu irmão.

— O que você quer, idiota?

— Quero dar uma olhada na cidade. E você vai me levar.

Quase caí na risada. Eu não ia deixar que Dean mandasse em mim. — Tenho certeza de que Cassie é melhor com esse tipo de coisa. — Até esta frase soou como se eu desse um tapa no rosto dela.

— Também acho. Mas quero que você me leve. Você precisa sair. Está com uma cara horrível.

Melissa riu, e eu lancei um olhar maligno para ela. — Cale a boca, baixinha. Por que você veio?

— Vá se foder, Jack. Estou aqui porque você está sendo um idiota com minha melhor amiga e alguém tem que ser legal com ela.

Suas palavras me atingiram, mas fingi que não. Cada vez que eu respirava sentia meu coração sendo perfurado mais fundo. Eu tinha que parar de machucar Cassie, mas não conseguia. Por que não? Esforçando-me para sair do sofá, olhei ferozmente para os três sentados na mesa, depois grunhi para Dean: — Vamos sair às dez.

— E aí, aonde vamos? — meu irmão perguntou com o rosto cheio de empolgação quando deixamos as garotas no apartamento.

— Você gosta daqui então? — provoquei, já um pouco melhor. As folhas caíam e o tempo estava mudando. Essa era uma das coisas mais legais de morar em Nova York: a sensação no ar quando a estação mudava.

Dean olhou ao redor. — Nunca vi um lugar como este.

Ele estava certo. Não havia nada parecido no sul da Califórnia. Nova York realmente transmitia uma sensação mágica. Desde que você ignorasse a sujeira, o lixo e os ratos, claro. Mas nem essas merdas me perturbavam.

— Eu ainda não vi muita coisa — reconheci. — Não tenho muito tempo para bancar o turista. Mas você tem que ver o Central Park. É enorme — eu disse, dando um soco no braço dele.

— É longe? Vamos de carro até lá? Ou pegamos o metrô?

Balancei a cabeça. — Cale a boca, você parece um garotinho besta. Vamos andando. O caminho é bonito e assim você pode ver outras coisas. Não vai ver nada se formos de metrô.

Dean concordou e caminhou com a cabeça bem erguida, olhando ao redor o tempo todo.

— Cara, você precisa ficar consciente do que está rolando ao seu redor. Pelo menos finja que está prestando atenção ou alguém vai roubar você — eu disse, balançando minha cabeça.

— O quê? — Ele me lançou um olhar incrédulo.

— É uma puta cidade grande. Merda acontece. Não seja idiota.

Um grupo de casais jovens passou por nós e enfiei o boné na cabeça, tentando evitar ser notado.

— Aquele não é Jack Carter? Nossa! — uma garota guinchou, atrás de mim.

— Merda — resmunguei para ninguém em particular.

Ouvi outra dizer: — É ele, sim. Olhe, ele está até com o gesso. Jack? Jack? — O som de sapatos batendo fortemente contra a calçada me deteve. Eu me virei para fitar o grupo na faixa dos vinte anos.

— Você pode me dar um autógrafo? — uma das garotas pediu, esperançosa.

Ergui o braço quebrado e dei de ombros. — Não posso assinar nada com a mão quebrada, sinto muito.

— Ah, sim, que tonta! — A garota deu um tapa na testa. — Podemos tirar uma foto com você, então?

Engoli um suspiro de impaciência e olhei ao redor antes de concordar. — Claro.

Achei que uma foto fosse bastar, mas todos tinham celular com câmera e queriam uma. Logo uma pequena multidão se formou, todos pedindo a mesma coisa. Tentando manter a irritação sob controle, tirei foto com todos que queriam antes de virar para meu irmão, que fazia as vezes de fotógrafo de boa vontade.

— Desculpe, talvez devêssemos ter ido de metrô — eu disse, antes de continuar a subir pela East 59.

— Sem essa. Tudo bem — ele disse, com um sorriso. — Além do mais, você foi simpático com eles.

— Vá se foder.

— Está vendo só? Qual é o seu problema?

— Não pegue no meu pé — eu disse, entre os dentes cerrados. Não queria falar daquilo. Já ficava bastante aflito só com aqueles pensamentos. A última coisa que eu queria era botá-los pra fora.

— Pego, sim — Dean disse, rispidamente. — Você está sendo um verdadeiro idiota. E ainda por cima com Cassie. Quer que ela vá embora?

Parei de andar. Bem. No meio. Do passo.

— O que você acabou de dizer? — Fuzilei meu irmão com o olhar, o coração batendo com força dentro do meu peito.

Dean endureceu a expressão. — Ela não vai aguentar isso para sempre. Vai acabar deixando você. E a culpa vai ser sua.

Tentei empurrá-lo, mas Dean desviou. — Não diga isso. Nunca diga isso.

— O quê? Você não quer ouvir a verdade? Você está insuportável. Nunca te vi desse jeito. E imagine o que vai acontecer se sua mão não...

Eu o interrompi, não querendo ouvir o que sairia de sua boca. — Cale a boca, Dean. Cale essa porra de boca. Você não sabe o que é isso. Não sabe o que eu estou sentindo.

— Então me diga! Diga a alguém! — ele gritou, e eu podia jurar que a cidade inteira tinha parado para ouvir.

— Mantenha a porra da voz baixa — exigi, retomando a caminhada. Seus dedos prenderam a manga da minha blusa e ele me puxou de volta. — O quê?

— Nós vamos falar sobre isso — ele disse, mantendo o olhar na altura do meu. — Então descubra um lugar apropriado. Não vou aceitar não como resposta.

Minha teimosia não me deixou responder. Preferi seguir em frente, na direção do Central Park. O parque era monumental e havia um monte de lugares onde poderíamos conversar sem um monte de gente ouvindo.

Cruzando a Quinta Avenida, eu me virei para Dean e apontei. — Aquele é o Plaza Hotel. É o favorito de Cassie, ela é absolutamente apaixonada por ele. E por aquela fonte.

Meu irmão olhou na direção do hotel. — Posso entender por quê. É demais.

— Venha. O parque é logo ali.

Notei que Dean ainda não tinha entendido o quão grande o parque era. Tenho certeza de que imaginou que seria do tamanho de algum dos parques da nossa cidade. Eu devia ter dito que o Central Park era mais como o Griffith, só que muito mais impressionante.

Entrando pelo canto sudoeste do parque, não demorava muito para os sons do mundo externo desaparecerem. Era como um lugar encantado. Você atravessava uma rua cheia de táxis e turistas barulhentos e, de repente, estava num mundo onde pássaros cantavam, pessoas caminhavam e só se podia ouvir o som de patas de cavalos batendo no pavimento. Imerso naquele mundo, era fácil esquecer que existia alguma coisa fora dele.

Alguns passos mais e estávamos no lago. — Uau — Dean disse, com um sorriso. — Então este é o Central Park, hein?

Dei risada. Merda. Eu não ria há dias e meu rosto estava até desacostumado. Doeu. — Mais ou menos.

— Como assim?

— Cara, esse é só o lago. Tem um outro muito maior, um carrossel, uma pista de patinação no gelo, campos de beisebol, um zoológico, um espaço para concertos... O lugar é enorme. Nem eu vi tudo ainda.

— Não parece um parque. Parece uma cidade.

Dei de ombros. — É mesmo uma cidade dentro de outra. — Avistei algumas pedras altas ao longe e corri em direção a elas. Dean vinha atrás. Escalei a maior delas e sentei no topo. Dean subiu e sentou ao meu lado.

— Dói? — ele perguntou.

— O quê?

— Sua mão. Vejo que você a segura de vez em quando e fico me perguntando se dói.

Baixei os olhos para o gesso que cobria a mão com que eu arremessava. — Eu faço isso? Não tinha notado.

— Você não respondeu — ele disse.

Eu nunca tinha admitido para ninguém. Nem mesmo para o médico do time. Mas, sim, minha mão doía. Eu morria de dor. Até onde sabiam, eu estava tomando os analgésicos que tinham prescrito. Mas não estava.

— Dói — admiti.

— Quanto?

— É uma dor constante. Posso sentir meu coração batendo na ponta dos meus dedos. É de matar.

Dean inclinou a cabeça como se estivesse confuso ou preocupado. — Isso não pode ser bom. Eles deram analgésicos, não deram?

Fiz que sim, enfaticamente.

— Não estão funcionando, então? Você tem que dizer a eles.

Bufei. — Não estou tomando.

— O quê? Por que não? — Seu rosto se desfez em confusão e eu olhei para as árvores verdes ao nosso redor.

— Porque não gosto dessas merdas, não tomo remédios. Nunca tomei um analgésico na vida, e dizem que vicia.

Dean riu. Riu muito. E eu resisti à vontade de dar um soco nele para que parasse.

— Você não vai ficar viciado — ele disse. — É só tomar metade. Sempre que começar a sentir dor, tome metade do que prescreveram. Logo a dor vai parar e você não vai mais precisar de remédio. Você não é o Super-Homem, Jack.

— Você não sabe disso.

— Conheço você — ele insistiu.

— E eu conheço caras demais que ficaram viciados nessa porra. Não vou ser um deles.

Dean suspirou, mais convencido da minha própria força do que eu mesmo. — Tome. — Ele puxou um envelope do bolso de trás da calça e jogou no meu colo.

— O que é isso?

— É uma carta da vovó.

— Você leu? — perguntei, em um tom defensivo.

Ele fez uma carranca para mim e respondeu rispidamente: — Parece que eu li?

Virei o envelope e abri.

Querido Jack,

Às vezes, a vida não acontece como esperamos. Você, entre todas as pessoas, aprendeu essa lição bem demais. Primeiro com seus pais, depois com Cassie e aquela garota horrorosa e agora com o beisebol.

Vovô e eu lamentamos que tenha quebrado a mão. Sabemos que você deve estar sofrendo. Mas, Jack, não posso tolerar que se comporte como sei que está se comportando com sua mulher. Não criei você para ser egoísta, grosseiro ou desrespeitoso com a única pessoa que te amou nos seus piores momentos.

Sei que você acha que sua vida é só BEISEBOL, mas na realidade ela é muito mais do que a profissão que você escolheu. O beisebol é apenas uma parte da sua vida. Não importa que discorde disso, você não é o beisebol, e o beisebol não é você. Não vai durar para sempre. Nada dura, querido. Exceto o amor, claro.

Sua mão vai melhorar, mas se arruinar as coisas com sua mulher, seu coração nunca vai se recuperar. Lembre como se sentiu quando a perdeu e não deixe acontecer outra vez.

Lembre quem você é. Você é Jack Carter, um rapaz com espírito e resolução inquebrantáveis. Um rapaz que não aceita não como resposta quando quer alguma coisa. Você é assim desde que tinha cinco anos. E sei que não mudou. Então, pare de sentir pena de si mesmo e lembre quais são suas prioridades.

Você sabe que não gosto de aviões, então NÃO ME FAÇA PEGAR UM E IR ATÉ AÍ! Mas vou se você não me deixar outra escolha, porém não ficarei feliz com isso. Da próxima vez que conversarmos, é melhor que ela não esteja mais chorando.

Amo você.

Vovó (E vovô também)

— Porra! — deixei escapar, passando a mão nos cabelos. — Cassie chorou na frente da vovó?

— O quê? — Dean perguntou, visivelmente tão desconcertado quanto eu. Estendi a carta para ele para que pudesse ler e inspirei profundamente. Eles estavam certos. Todos estavam. Eu estava sendo um babaca com a pessoa que menos merecia.

Cassie.

Merda.

Minha gatinha. Meu coração. Minha alma. A única coisa no mundo que eu amava mais do que beisebol. Eu tinha me esquecido disso? Certamente estava agindo como se tivesse. Devia a ela um milhão de desculpas e explicações. E só podia esperar que isso fosse o suficiente.

Tudo o que eu fizera desde que a conhecera fora magoá-la. Não era o suficiente ter algumas boas horas se eu as encobria pelas horas ruins. Precisava parar de ser tão idiota e pensar direito.

— Ajude-me a andar na linha. Não acho que suportaria outra carta como esta.

Os olhos de Dean estavam arregalados quando estendeu a carta de volta para mim. Eu a peguei e dobrei cuidadosamente, depois a enfiei no bolso da calça.

— Temos que sair daqui. Tenho que ir para casa. — Desci da pedra, tentando não cair e quebrar a outra mão.

Pensei que Dean ia ficar chateado, mas ele continuou olhando para mim com um sorriso besta no rosto. — Graças a Deus! — ele bradou para o céu.

— Desde quando você é religioso?

— Se precisar, eu sou. — Ele desceu num pulo e deu um tapinha nas minhas costas. — Vamos atrás da sua mulher.

Acenei para um táxi assim que pisei na calçada cheia de gente do lado de fora do parque. Entramos e passei ao taxista o endereço.

— Então, quer falar sobre isso? — Dean olhou para mim e a compaixão em seus olhos fez com que eu me encolhesse.

— Sim — eu disse, fazendo um sinal de positivo. — Mas não com você.

— Valeu.

Dei uma risada — Não quis dizer isso. Só preciso conversar com minha mulher primeiro.

Dean assentiu com a cabeça. — Claro. Mas depois quero saber o que rolou, certo?

— Certo. Obrigado por ter vindo. — Dei um soquinho em sua coxa, querendo que ele soubesse que tinha ficado feliz com sua vinda.

— Sou seu irmão. Faria qualquer coisa por você — ele disse, e eu sabia que era sério.

— Eu também. — Claro que eu não precisava dizer isso, mas quis dizer.

Sentia mais falta de Dean do que percebia. É fácil esquecer o quanto você sente falta de uma pessoa quando você não a vê todos os dias. Pra mim, *longe dos olhos, longe do coração.* A não ser quando se tratava da gatinha. Nesse caso, quanto maior a distância mais eu sentia a sua falta.

Entrei impetuosamente pela porta, com Dean em meus calcanhares, rezando para que Cassie estivesse em casa. Quando a encontrei na mesa da cozinha com Melissa, seus olhos verdes imediatamente encontraram os meus antes de se desviarem, a dor que eu causava estampada neles.

Porra.

Ela me odiava. Então eu me odiava também. Quantas vezes eu já tinha dito isto antes?

Ignorando Melissa, corri para Cassie, agarrei sua mão com a minha e a puxei para dentro do quarto, batendo a porta com força atrás de nós. Sem dizer nada, eu a puxei para a cama e sentei, puxando-a para se acomodar perto de mim.

— Jack, o que você...?

— Shh. Por favor. Só espere um minuto — eu implorei. Inclinandome e pondo a cabeça sobre o gesso, eu fechei os olhos e silenciosamente me repreendi. Cassie não se mexeu, nem eu tampouco, com medo de que qualquer movimento assoprasse a poeira emocional que se formava em torno de nós e estragasse tudo novamente.

Fiquei lá uns bons dez minutos sem mover um músculo. Quando finalmente sentei e abri os olhos, as lágrimas começaram a cair.

— Ah, gatinha. Sinto muito. Mesmo. Por favor, por favor, não me abandone.

— Abandonar você? — Suas sobrancelhas se ergueram e seus olhos se arregalaram, como se ela não tivesse ideia do que eu estava falando.

— Estraguei tudo. Estou tão assustado, você entende? — Segurei meu braço engessado no ar e ela fez que sim. — Não estou preparado para perder o beisebol. Não estou preparado para o fim da minha carreira. E joguei tudo isso em cima de você.

Ela começou a chorar. Nenhuma palavra saiu, apenas lágrimas, então, continuei. — Sei que você deve me odiar. Ou pelo menos estar louca da vida comigo. E eu mereço. Mas, por favor, veja como eu estou. Nunca mais vou tratar você daquele jeito, eu prometo.

— Não faça promessas que não pode cumprir — ela disse, sua voz um pouco mais alta do que um sussurro.

Eu me mexi, diminuindo o espaço entre nós, e puxei seu corpo contra o meu. — Nunca mais vou tratar você daquele jeito — eu disse junto aos seus cabelos enquanto ela tremia nos meus braços. — Sinto muito por como eu me comportei! Estou assustado. Morrendo de medo de nunca mais ser capaz de arremessar. Não estou preparado. Não estou preparado para perder o beisebol. E nunca estarei preparado para perder você.

Cassie recuou um pouco para que pudesse olhar para mim. — Jack — ela disse suavemente enquanto eu enxugava as lágrimas do seu rosto, — por que você está tão convencido de que sua carreira acabou?

Eu parei, minha mente indo imediatamente para meus pais abandonando Dean e eu. A sensação de desamparo começou a me inundar novamente, enchendo-me de pavor. Eu ficava assustado com a maneira como, depois de todos aqueles anos, eu entrava em parafuso. — Não sei. Amo tanto o beisebol e quero tanto jogar que temo que seja tirado de mim. Como se eu não merecesse ter o que amo.

— Você tem a mim — ela disse, suavemente, olhando nos meus olhos.

— Mas eu te perdi. E tive que te reconquistar. Nada vem fácil. Eu estrago tudo. Tinha certeza de que era uma questão de tempo até eu estragar as coisas no beisebol também.

O rosto dela se contorceu. — Pare com isso! — ela gritou, o que me surpreendeu. — Pare já com isso. Odeio esse seu lado. É como se você estivesse desistindo, e o Jack que eu conheço não é assim. Pare de ser tão derrotista. Tenha coragem. Seja o homem que eu conheço e amo.

Suas palavras me atingiram direto no peito e eu concordei com a cabeça. Quis gritar com ela por ser tão dura, mas Cassie estava certa e eu precisava ouvir aquilo. — É verdade. Preciso parar de sentir pena de mim mesmo. Não dou a mínima se o beisebol cansou de mim, porque não vou desistir dele.

O canto de sua boca começou a se erguer com minha confissão. — É assim que eu gosto.

— Sinto muito. Nunca vou poder apagar o que eu fiz, mas posso prometer que não vou fazer novamente. — Caí de joelhos. — Sei que tudo o que eu faço é me desculpar e estragar tudo, mas, por favor, gatinha, preciso que você fique ao meu lado. Sempre vou precisar. Diga que me perdoa. Por favor.

Eu esperei. Esperei que ela dissesse que me perdoava. Esperei que dissesse que me amava e nunca me deixaria. Esperaria a vida toda para ouvir essas palavras se fosse preciso. Cassie se aproximou de mim e tomou meu rosto em suas mãos suaves.

Seus olhos verdes me vararam, intensos e ferozes, quando ela falou: — Sou sua mulher. Jurei na frente dos nossos amigos e da nossa família que iria amar você até morrer. E planejo fazer isso. Mas, por favor — ela fez uma pausa — pare de tornar isso tão difícil para mim. — Seus lábios encontraram os meus e senti um alívio imediato no peito.

— Eu amo você. Loucamente. — Minha língua explorou o interior de sua boca. Eu só queria me enterrar nela. — Eu preciso de você. Agora.

— Jack, temos hóspedes.

— Eles são da família. Podem esperar. Preciso entrar em você. Você é meu lar. E tenho que estar lá agora.

Cassie hesitou e se afastou um pouco. — Não faça como da última vez. — Ela baixou os olhos enquanto eu tentava entender do que ela estava falando.

Lembrei como fui duro na noite em que me machuquei, a última noite que passamos juntos. — Merda, Cassie. Nunca vou me perdoar pelo que aconteceu. — Eu não podia acreditar naquilo. Era um estrago atrás do outro. Como eu tinha sido tão idiota?

Ela ergueu os olhos, olhando dentro dos meus. — Você me assustou um pouco. Não muito. Mas ainda assim...

Escondi o rosto com as mãos e enxuguei meus olhos. — Sinto muito. Gatinha, por favor. Eu precisava me sentir mais homem porque estava me achando um inútil. Queria dominar alguma coisa, mas nem pensei em como isso faria você se sentir. Só queria me sentir melhor. Sou um egoísta.

— Só preciso de um pouco de tempo, tá? Eu amo você e vamos ficar bem, mas precisamos ir devagar — ela sugeriu, e meu pau doeu.

— Com certeza. Vamos no seu ritmo. Vai ser como você quiser. — Eu a puxei para mim e a abracei com força. Cassie provavelmente não podia respirar, mas eu precisava que ficasse perto de mim.

— Obrigada. Vamos voltar para lá. — Ela sorriu e eu a ergui.

— Sinto muito mesmo — sussurrei outra vez em seu ouvido antes de abraçá-la.

— Eu sei. Só fale comigo, por favor. Você não pode ficar daquele jeito. Eu não posso ficar daquele jeito. Não funciona quando não nos falamos.

— Eu nunca tinha ficado daquele jeito — admiti, e ela concordou junto ao meu peito.

— Eu sei. Mas vamos lidar com isso juntos. Somos um time, lembra? Você me disse isso. Eu e você contra o mundo, Carter.

— Para toda a porra do sempre — eu disse, antes de cobrir sua boca com a minha e derramar todo o meu amor naquele beijo. Ela gemeu e seu corpo relaxou contra o meu. Ficaríamos bem. Só precisávamos de tempo.

Quando finalmente saímos do quarto, Melissa e Dean estavam sentados no sofá vendo uma comédia romântica. Ele a envolvia com seu braço e ela estava encostada nele.

— É só eu te deixar por um segundo que você vira uma mulherzinha — provoquei, e Dean soltou um suspiro. — O que vocês estão vendo?

Dean ergueu um punho no ar. — Meu irmão está de volta!

— Deixou de ser um babaca, babaca? — Melissa perguntou animada na minha direção.

— Parou de provocar meu irmão, provocadora? — respondi animado.

A mão de Cassie pousou com força em meu peito. — Jack! Deixe os dois em paz.

— Era o que eu queria, mas você não deixou. — Lancei uma olhadela para minha mulher e joguei um sorriso em sua direção.

— Ela não liberou, hein? — Dean perguntou.

— Olha quem fala.

Cassie tossiu. — Parem com isso. Jesus.

Melissa girou a cabeça. — Meu Deus, vá vestir uma blusa — ela gritou para mim. — Espere! Venha cá.

Eu sabia que ela me queria.

Fui até onde eles estavam no sofá e ela estendeu a mão para o meu peito. — Ei, não vem passar a mão — provoquei.

— Sem problemas — Melissa revirou seus olhos e agarrou meu colar. — Ela te deu a chave?

Inspirei profundamente e tirei a chave de suas mãos. — Sim. Na noite em que me machuquei.

— Legal — Melissa disse, com um sorriso.

Cassie fechou uma gaveta e bradou: — Podemos pedir comida? Estou morrendo de fome. A menos que vocês queiram sair. Estou meio esgotada, para ser sincera, mas topo.

Essa era a minha garota, sempre pondo as vontades e necessidades dos outros acima das suas. Eu sabia que ela estava exausta depois de tudo pelo que tínhamos passado, mas ainda assim sairia se fosse isso que meu irmão e sua melhor amiga quisessem.

Lancei um olhar para Dean que indicava que eu o mataria se a fizesse sair. Graças a Deus ele podia ler minha mente.

— Prefiro ficar em casa — Dean falou, sustentando meu olhar. — Podemos sair amanhã. Tudo bem para você? — Ele deu uma olhada para Melissa.

— Claro. Estou bem aqui. — Ela encostou seu pequeno corpo no dele e suspirou.

Dean piscou para mim, depois gritou: — Podem pedir!

Nota mental: pedir a Dean para nunca mais piscar para mim.

É apenas sexo

JACK

Na manhã seguinte, acordei com Cassie dormindo no meu peito. Meu braço esquerdo estava nas suas costas, o que achei um completo desperdício, já que não podia sentir sua pele através do gesso.

Ela tomara a iniciativa do sexo na noite anterior e eu a deixara controlar o ritmo. Deduzi que ela me faria esperar semanas para ter de volta sua confiança na cama, mas, felizmente, Cassie queria tão intensamente quanto eu. Depois de pedir desculpas com minha língua até ela gozar na minha boca, depois, penetrei-a lentamente, garantindo que nada que eu fizesse a lembrasse a outra noite. Não demorou muito para que seu corpo se entregasse e sua mente o seguisse. Graças a Deus.

Não importa quanta mágoa e dor tivéssemos causado um ao outro no passado, o fato era que ficaríamos juntos. Confiávamos um no outro. Às vezes, perdíamos o rumo, mas sempre achávamos o caminho de volta. Não queria que isso acabasse. E nunca mais queria ser causa de sofrimento para ela. Odiei ter assustado Cassie. Que espécie de babaca assusta a sua própria mulher durante o sexo?

Enrosquei meus dedos em seus cabelos longos, surpreso por quão macio eles sempre estavam. Ela se agitou sobre mim. — Bom dia, querido — disse, junto ao meu peito.

— Bom dia, gatinha.

Ela ergueu a cabeça, deixando meu peito frio e vazio. — Meu Deus. Você se lembra do que ouvimos ontem à noite? — Cassie tapou a boca para se impedir de rir alto demais.

Eu tinha esquecido. — Não sabemos o que ouvimos.

— Ah, besteira! Você sabe tão bem quanto eu que eles estavam fazendo sexo no quarto de hóspedes!

— Talvez eles estivessem jogando Monopoly. Com a boca — sugeri, com um sorriso.

Ela riu com desdém. — Lembre-me de perguntar a Melissa como Dean joga Monopoly, pois parecia que ela estava se divertindo de verdade.

— Ele é um Carter — eu disse, categoricamente.

— Vocês são bons em jogos de tabuleiro?

Espertinha.

— Eu sou bom em tudo. Vai saber no que Dean é bom... — Rolei sobre ela, pressionando minha ereção contra seu corpo.

— Sem chance! Preciso de um banho.

— Então vou sujar você primeiro — sussurrei em seu ouvido, pegando o lóbulo com minha boca e chupando-o.

— Que tal você vir me limpar, em vez disso? — ela se contorceu para sair de onde estava e a visão de seu corpo nu fez com que meu pau vibrasse ainda mais.

Sexo no chuveiro não é a mesma coisa quando você tem um saco plástico em volta do gesso. Mas eu aceitei o desafio, porque sou um bom jogador.

Quando entrei na sala, pouco depois, meu irmão já estava à mesa comendo cereal e sorrindo para si mesmo. Parecia um completo babaca.

— Alguém se deu bem ontem à noite? — perguntei, dando um tapa forte em suas costas. Ele se virou para socar meu braço, mas errou.

— Não sou de contar vantagem — ele respondeu, antes de enfiar outra colher cheia na boca.

— As paredes aqui são realmente finas — eu disse, ao me sentar diante dele e colocar cereal em uma tigela. — Não tinha notado isso até a noite passada.

Ele engasgou com o cereal. — Ah, é?

Estendi um guardanapo para ele. — Ah, é. Dá pra ouvir tudo alto e claro — zombei.

Cassie entrou na sala e sentou ao meu lado. Deu um sorriso doce para Dean e perguntou: — E aí, como foi o Monopoly? Parece que você é *realmente* bom.

Eu me descontrolei. Ri com tanta força que quase cuspi o cereal. Melissa finalmente saiu do quarto de hóspedes e notei que o sorriso do meu irmão se abriu. Quando ela se aproximou, os olhos de Dean se iluminaram e ele estendeu a mão para ela. Seus dedos mal roçaram sua pele antes que Melissa desviasse e escolhesse a cadeira mais distante dele. Nem sei por que notei toda essa merda, já que sou muito homem.

— Sério mesmo? — Dean perguntou a ela, imediatamente furioso.

Eu me ajeitei na cadeira, intrigado. A revolta de Dean me impressionou.

Os olhos de Melissa se apertaram. Seu rosto ficou vermelho e ela desviou o olhar. — Não faça isso aqui, Dean.

— Não faça o quê? Você vai simplesmente fingir que nada aconteceu?

Eu sabia.

Claro que sabia.

— Eu não disse isso — ela respondeu, em um tom indiferente.

— Qual é a sua? Vamos voltar a ser "amigos", ou sei lá que porra você acha que somos?

Cassie tossiu e eu dei um ligeiro chute em meu irmão sob a mesa. Ele olhou ferozmente para mim, sua fachada fria lentamente se desfazendo. Melissa ficou em silêncio, evitando qualquer contato visual. Dean olhava para ela e para mim.

Ele levantou com violência, quase lançando a cadeira contra a parede antes de pegar a tigela de cereal e jogá-la com um pouco de força demais na pia. O som da tigela se quebrando ecoou pelo apartamento todo e seus olhos se arregalaram. — Merda. Sinto muito, Cass.

Baixei os olhos para o cereal e balancei a cabeça. Meu irmão não conseguia ser babaca nem quando estava louco da vida.

— Tudo bem. Não se preocupe. É só uma vasilha — ela disse, afastando-se da mesa e aproximando-se dele.

Dean baixou o queixo e olhou fixamente para o chão quando Cassie passou os braços em torno dele e o abraçou. Ele a abraçou de volta por um segundo antes de empurrá-la e se afastar. — Preciso cair fora daqui.

— Ei! — eu gritei, e Dean parou. — Não empurre minha mulher desse jeito ou vou encher sua cara de porrada. Não me importa quem você seja.

Meu sangue esquentou quando ele entrou correndo no quarto de hóspedes e bateu a porta com violência. Corri atrás dele e bati com força na porta. Os nós dos dedos da minha mão boa doeram imediatamente.

— Dean? — gritei e girei a maçaneta, sem esperar por uma resposta.

Enfiei a cabeça no quarto e, quando meu olhar encontrou o dele, pude ver que meu irmão estava um caco. — Vou com você. — Não era uma pergunta.

— Vai mesmo.

A resposta dele me fez rir. — Vou ligar para Matteo. Ele vai também. Precisamos ficar só os homens hoje.

— Nós somos amigos do cara que beijou sua mulher agora? — O comentário azedo de Dean me fez inspirar profundamente.

— Não seja bobo. Ele ainda trabalha para mim. Se eu não confiasse nele, pode ter certeza de que ele não chegaria nem perto de Cassie. Além do mais, ele é casado e vai ter um filho em breve. E ele sabe que eu só perdoo uma vez. É só tentar alguma merda de novo que vai estar ferrado comigo.

Entrando na cozinha, puxei Cassie de lado e beijei seus lábios doces. — Gatinha, vou levar Dean para dar uma volta por aí. Converse com ela. Descubra que porra está rolando. Essa merda precisa acabar.

— Eu sei. Sinto muito pelo seu irmão. Vou conversar com ela. Ou, pelo menos, tentar.

— Eu amo você. — Beijei seu rosto.

— Eu também amo você. — Cassie sorriu e eu quis dar um pontapé em mim mesmo por ter sido tão babaca com ela.

Meu celular tocou logo após, indicando que Matteo estava esperando lá embaixo. Gritei para Dean: — Vamos!

Ele apareceu e eu o levei para a porta sem dizer nada. Quando chegamos ao saguão, apontei para Matteo na rua.

— Esse é o cara que você contratou para levar Cassie pela cidade? O que há de errado com você?

Eu dei de ombros. — O que eu posso dizer? Sou inteiramente confiante e arrogante. Até parece que você não me conhece?

Atravessamos a porta giratória e Matteo estendeu a mão. — Oi, Dean. Muito prazer.

— O prazer é meu. Ouvi falar bastante de você. — Dean acrescentou, com um tom cauteloso.

Matteo abriu a porta e caminhou para o lado do motorista, entrando rápido. — Tenho certeza disso — ele disse, olhando para Dean no espelho retrovisor. — Posso pedir desculpas para você também, se quiser.

— Sem essa. Ela não era a minha namorada. — Dean olhou para mim. — Você tem sorte que Cassie não te deixou por ele. *Eu* estou quase deixando você por ele. Está procurando um irmão? Quer me adotar? — Dean falou, sem pensar.

Matteo riu do banco da frente. — Claro. Porque as famílias da comunidade italiana de Nova York não são grandes o bastante.

— E sua mulher? Ela tem alguma irmã?

Eu me endireitei no banco. — Puta merda, ela tem? Nunca pensei nisso. Quer dizer, é claro que não pensei, mas... — Parei abruptamente, percebendo como aquilo devia ter soado.

Matteo deu risada e balançou a cabeça. — Sinto muito. Ela é toda minha e só existe uma.

— Droga — Dean resmungou baixinho.

— Vocês decidiram onde vamos beber? — Matteo perguntou.

— Em algum lugar reservado. Nada de bar de esportes ou essas merdas — insisti.

— Você acha realmente que eu o levaria a um bar de esportes? Não me ofenda.

— Então, aonde vamos? — Dean perguntou quando o carro começou a parar.

Olhei pela janela, reconhecendo a entrada que Cassie tinha fotografado para uma reportagem sobre bares históricos.

— Conheço esse lugar. Cassie o fotografou para a revista.

Matteo jogou a cabeça para trás. —Verdade! Este lugar era um bar clandestino na época da Lei Seca. Sinatra vinha aqui com o pessoal. É bem legal. Um lugar cheio de histórias.

Entramos no bar escassamente iluminado e paramos por um segundo para que nossos olhos se ajustassem. Vindos do luminoso sol da tarde, o lugar parecia quase tão escuro quanto a noite. Fazendo um sinal de cabeça para a bartender, Matteo apontou em direção aos fundos, onde havia uma cortina de veludo. Rumamos para a pequena mesa atrás dela. O lugar estava virtualmente vazio, exceto por uns poucos caras sentados no balcão. Rezei para que não me reconhecessem.

— Vou pegar bebidas — Matteo sugeriu. — O que querem?

— Cerveja para mim. Qualquer uma, desde que seja boa.

— O mesmo para mim — Dean acrescentou.

Esperei que Matteo retornasse antes de fazer algumas perguntas a Dean, deduzindo que ele podia ajudar vendo a situação de fora. Alguns minutos depois, Matteo voltou, trazendo três cervejas em uma única mão e colocando na mesa sem derramar uma gota.

— Você é um puta de um perito — eu disse, cumprimentando-o por suas habilidades antes de brindar com ele.

— Ah, eu costumava servir mesas na época do colégio — ele disse. Dei risada, quase cuspindo minha cerveja nele.

— Por que não estou surpreso? — Tomei um gole da cerveja, fechando meus olhos por um segundo para apreciar o sabor.

— A verdadeira pergunta é: por que isso é tão engraçado?

Dei de ombros e disse: — Não tenho a menor ideia. — Depois ri mais um pouco, convencido de que meu corpo e minha mente iam me trair depois que eu os tratara tão mal na semana anterior.

Dean olhava para lá e para cá, de mim para Matteo. — Por que você está rindo? O que eu perdi?

— Não tenho a menor ideia — Matteo disse com uma sobrancelha erguida enquanto eu me recompunha.

Por que eu estava de repente dando risadinhas como uma menininha? Era como se, tendo começado a rir, não pudesse mais parar. E saber que eu precisava do relaxamento só piorava. Procurei respirar com calma, fingindo que estava no monte do centro do campo. Eu precisava me acalmar.

Minha respiração ficou mais lenta quando olhei para meu irmão mais novo. — Então, o que aconteceu?

— Já acabou seu ataque de riso? — Dean perguntou, aparentemente cheio de energia.

— Por enquanto. Então, diga o que aconteceu — pressionei, antes de tomar um gole da cerveja gelada. Eu adorava cerveja gelada.

Dean suspirou e rolou a cerveja entre as palmas das mãos. — Transamos ontem à noite, e eu achei que isso mudaria as coisas entre nós.

— Espere, por que isso mudaria as coisas? Não foi a primeira vez que vocês dois… — Parei, olhando para ele.

— Foi a primeira vez. Melissa sabe como eu me sinto. Ela sabe. — Ele balançou a cabeça e pude ver o quanto estava magoado.

— Talvez não tenha sido bom — Eu disse com uma risada, para descontrair.

— Vá se foder — Dean disparou de volta. — Foi o melhor sexo que já tive na minha vida.

Eu me inclinei para ele. — Para você, talvez. Mas e para ela?

Dean apertou os olhos. — A coisa toda foi intensa. Ela praticamente implorou, mais de uma vez. Acho que gostou.

Dei de ombros. — Então não sei o que dizer. Sempre foi difícil entender essa garota. Nem a gatinha entende.

— O que você quer dizer? — Matteo bebericou sua cerveja enquanto esperava pela resposta. Eu tinha contando um pouquinho do passado de Dean e Melissa, mas ele não sabia muita coisa. Nenhum de nós sabia, na verdade.

— Perguntei a Cassie uma vez qual era o problema de Melissa e ela disse que não sabia. Que sempre saía com os caras e tal, mas nunca gostava deles.

— Isso não faz nenhum sentido. Quem é assim? — Dean expeliu, a cólera finalmente dando as caras.

Ergui minha cerveja. — Eu.

— Ótimo — ele disse com um sorriso de desdém. — Então, ela é uma versão feminina de você?

Dei de ombros. — Só estou dizendo. É como alguns homens pensam. Você não teria como saber isso.

— Ah, é? — ele rosnou para mim.

Sorri, balançando a cabeça. — Estou brincando, cara.

A bartender caminhou até nossa mesa e imediatamente nos calamos. Ela perguntou se podia servir alguma coisa e pedi três doses de tequila. Assim que se afastou, olhei para a expressão preocupada de Matteo e dei de ombros. — Parecia uma boa ideia na hora.

— Se eu beber demais, vamos precisar de um motorista — ele explicou, e eu dei risada.

— Onde estávamos? — Olhei para Dean. — Ah, sim. Você é uma moça e Melissa é o homem da relação.

— Não é engraçado. E acabou. Pra mim, chega. Quando voltarmos, vou dizer isso a ela. — Ele soou determinado e furioso, e me ocorreu que eram exatamente desses sentimentos que ele precisava. Dean tinha que retomar o controle.

— Muito bem — eu disse a ele.

— É mesmo? — Dean me olhou analiticamente, depois engoliu o resto da cerveja.

Eu gostava de Melissa porque ela era a melhor amiga da minha mulher, e porque me apoiara em mais de uma ocasião. Mas ela vinha fazendo meu irmão de bobo desde que o conhecera. Então, sim, eu apoiava sua resolução de dizer a ela que estava tudo acabado.

— Você merece o melhor, se ela não vai fazer isso, então que se foda. Você já deu chances suficientes para ela. Nenhuma garota merece tudo isso. Exceto a minha. Mas ela nunca viria com esse tipo de merda.

— Nem a minha — Matteo acrescentou.

— Trina é ótima, cara. — Ergui a bebida em direção a ele antes de tomar.

— Sim, sim. Já sei que as mulheres de vocês são maravilhosas. Podemos voltar a falar de mim?

— Nunca deixamos de falar — Matteo garantiu.

— Então, o que você acha? Não conhece realmente nós dois. Qual é seu palpite? — Dean ergueu o queixo na direção de Matteo. — Quer dizer, como alguém de fora?

Matteo olhou de mim para meu irmão antes de dizer: — Não conheço a história toda, mas parece que ela está usando você. Sabe o que você sente por ela, certo?

— Com toda a certeza — Dean respondeu.

— Sem dúvida alguma? Você disse a ela? — Matteo perguntou.

Dean franziu o rosto. — Mais de uma vez.

A bartender apareceu e colocou as doses sobre a mesa. Estendi a ela o cartão de crédito e pedi que trouxesse a conta, querendo que se afastasse o mais rápido possível para que pudéssemos chegar ao fundo do problema com meu irmão.

— E o que ela disse? — Matteo perguntou, retomando a conversa.

— Ela geralmente evita o assunto. Ela me beija para eu ficar quieto ou diz que gosta de mim também, mas...

— Mas o quê? — interrompi.

— Mas não quer namorar. Ou não pode. Ou outra desculpa esfarrapada. Não sei. É tudo mentira. Foda-se. Cansei.

— Acho que é disso que ela precisa. — Matteo ficou encarando o meu irmão e uma lâmpada se acendeu em minha cabeça.

— Ele está certo. Você tem que deixar claro para ela que está terminando.

— Eu acabei de dizer que faria isso.

Dei um tapinha no ombro dele. — Mas você tem que ser convincente. Ela precisa perder você para descobrir de uma vez por todas o que quer.

— Isso não é um jogo para mim, Jack. Parei mesmo. Ela acabou comigo e não vou deixar que faça isso de novo. Ou ela quer ficar comigo ou não quer. E estou de saco cheio de esperar uma decisão.

Fiquei olhando enquanto ele mandava sua dose goela abaixo.

— Pronto para voltar para casa?

— Pode crer.

Nós nos levantamos. Matteo estendeu sua dose de tequila para Dean e ele a tomou também. Assinei a conta e saímos da escuridão para o sol luminoso de Manhattan.

— Vou estacionar. Parece que minha mulher está lá em cima com a sua — Matteo disse do banco do motorista. — Você quer que eu deixe vocês dois na entrada?

— Não seja idiota. Vamos com você.

Dean ficou em silêncio enquanto o elevador subia para o vigésimo terceiro andar e foi o primeiro a sair quando ele parou. Eu nunca o vira tão furioso. Matteo e eu trotamos para alcançá-lo, nenhum de nós querendo perder um minuto do show. Era sacanagem, eu sabia, mas a ideia de ver meu irmão passivo ser grossiero com alguém era muito excitante.

Ele atravessou a porta e agarrou Melissa pelo braço. — Precisamos conversar. Agora.

— Ai, Dean, me solte.

— Não. Você quer conversar em particular ou quer que eu diga o que tenho a dizer em frente a todo o mundo? — Ele apontou com o braço em nossa direção e eu olhei para Cassie, que me fuzilava com o olhar.

Fiz um "não é minha culpa" com a boca quando ela apertou os olhos na minha direção.

Melissa olhou para Trina, Cassie, Matteo e para mim antes de sussurrar: — Em particular. — Então se pôs a caminhar depressa atrás de Dean.

— Ei, Trina! — Sorri para a mulher de Matteo. — Você está ótima.

— Pare de cantar minha mulher — Matteo brincou.

— Você não quer começar esse assunto, quer? Porque podemos — eu disse, brincando.

Um grito de Dean interrompeu a conversa. Viramos a cabeça na direção do quarto de hóspedes, hipnotizados pelo som de Dean berrando para alguém. E sabendo que esse *alguém* era a baixinha. A coisa toda parecia insana.

A despeito da porta fechada do quarto, podíamos ouvir absolutamente tudo. Era espantoso.

— Você age como se não importasse. Como se nada entre nós nunca importasse. Por quê? Por que faz isso? — ele berrou, a frustração visível em sua voz mesmo do outro cômodo.

— Eu não sei — ela respondeu baixinho.

— Mentira! Isso é mentira! Você sabe, sim. Você tem ideia de como eu me senti um idiota pela manhã quando você saiu do quarto? Pensei que as coisas fossem mudar depois da noite passada, mas estava enganado. Eu sempre me engano quando se trata de você.

— Por que você está tão bravo? — A voz dela estava trêmula e, conhecendo as garotas, eu sabia que lágrimas não demorariam a cair.

— Você está brincando? Faz com que eu me sinta um idiota e estou cheio disso. Não vou mais fazer isso. Terminou. — A voz dele era fria. Dei uma olhada para Cassie, que parecia estar prendendo a respiração.

— O que você quer dizer com "terminou"?

— Terminei com isso. Com você. Não vou continuar.

— Então é isso? Não somos nem amigos? — ela perguntou, erguendo a voz.

— Não quero ser seu amigo! Quantas vezes preciso dizer isso? — ele gritou, e, pelo barulho, achei que tinha esmurrado alguma coisa, mas não conseguia imaginar o quê. — Droga, Melissa. Não quero ser seu amigo. Pare de agir como se não soubesse disso. Você sabe como eu me sinto. E não posso ficar com você com toda essa merda que está fazendo. Estou atrás de você há dois anos. Dois anos! — ele berrou, e eu quase me senti mal por estar ouvindo. Quase.

— Eu não tenho culpa se você gosta de mim. Eu não pedi por isso.

Meus olhos se arregalaram com a resposta dela. Eu me movi para mais perto de Cassie e agarrei sua mão. Ela a apertou com força.

Dean assoviou em resposta. — Você não pediu mesmo. Bem, não precisa mais se preocupar comigo. Pode deletar meu número, porque não vou atender se você ligar.

A porta do quarto de hóspedes se abriu com força e nenhum de nós nem fingiu estar fazendo outra coisa. Fixamos o olhar no meu irmão quando ele entrou na cozinha e pegou uma cerveja da geladeira.

Tossi, determinado a ser um bom anfitrião. — Dean, esta é Trina, mulher de Matteo. Trina, este é meu irmão, Dean.

Ele sorriu, depois se voltou para Trina e apertou sua mão. — É um prazer. Ouvi coisas maravilhosas a seu respeito. Sinto muito por toda a gritaria.

— Ah. Tudo bem — ela disse, com um sorriso simpático.

— Gosto do seu sotaque. Ninguém me disse que você era inglesa — Dean disse, jogando um charme.

— E ninguém me disse que você era tão bonito. — Ela flertou de volta, e tive que morder o lábio para impedir uma risada. Meu irmão sabia atrair a atenção.

Melissa apareceu, e Cassie imediatamente soltou minha mão e foi em sua direção. Elas desapareceram e ouvi uma porta fechar. Dei uma olhada para Matteo e Trina e pedi desculpas.

— Tudo bem. Precisamos ir, de qualquer modo. Temos reservas em um restaurante. Foi ótimo ver você, Jack. E você, Dean. — Trina beijou meu rosto e deu um abraço em Dean, dizendo: — Pessoalmente, acho que ela é louca de não estar pirando em você. Mas não se preocupe, você vai achar a garota certa. É um bom partido. Nunca se esqueça disso.

— Obrigado, Trina. Foi ótimo conhecer você. Você também, Matteo — Dean disse com um sinal de cabeça na direção dele. — Obrigado pela tarde.

— É o que irmãos fazem uns pelos outros — ele disse com uma risada.

Apertei a mão de Matteo e fechei a porta atrás deles. — Como está se sentindo?

Meu irmão saiu de trás da coluna da cozinha para me olhar. — Estou puto da vida, mas me sinto bem.

— Ótimo. Você está certo, sabe? — eu disse, em consolo.

— Certo como?

— Tudo o que disse para ela, não se sinta mal se acordar amanhã e quiser retirar tudo o que disse.

Ele esboçou um sorriso. — Isso não vai acontecer.

Lenta recuperação

CASSIE

Eu não conseguia acreditar no drama que fora a visita de Dean e Melissa. Só sugerira que os dois viessem juntos porque queria que ficassem juntos. Mas o tiro saiu pela culatra. E agora, Dean estava magoado, eu não sabia o que Melissa sentia, e, de algum modo, eu me sentia responsável pela coisa toda.

Dean se recusou a dormir no quarto de hóspedes, ficando no sofá. Sugeri que ficasse em nosso quarto com Jack e eu dormiria com Melissa, mas ele não arredou pé.

— Você pode ficar na nossa cama. Não tem problema, Dean. Vou ficar com Melissa — ofereci.

— Não, obrigado. Gosto de sofás — ele disse com uma piscadela, mas olhando para alguma coisa além do meu ombro.

Eu me virei e notei Jack atrás de mim. — O que você estava fazendo? — perguntei.

— Eu? Nada? Só estava olhando para a sua bunda — Jack disse, e eu dei risada.

— Mentiroso! — Dei um tapa em seu peito.

— Eu só disse a Dean que, se ele concordasse com a sua ideia, eu o sufocaria com um travesseiro e jogaria seu cadáver da sacada. Não vou dormir com meu irmão, gatinha, quando posso dormir com você.

Bati o pé. — Você disse tudo isso por trás de mim?

— Não com palavras. Mas a mensagem foi transmitida. — Ele passou o dedo pelo pescoço, degolando a própria garganta.

— Dean, só quero que você fique confortável na sua última noite aqui. Por favor, diga se posso fazer alguma coisa por você.

— Estou bem. Sério. Pare de se preocupar.

Eu o deixei sozinho e fui para a cama com Jack. Melissa havia caído no sono bem depressa logo depois que conversamos sobre a briga. Nas duas vezes em que fui espiar, ela não havia se movido.

Melissa confessou que tinha ficado abalada pela explosão de emoções de Dean e chorou no meu ombro. Bastante. Mas não admitiu nada. Continuei perguntando se gostava de Dean, e ela concordava com a cabeça, mas não dizia muita coisa mais. Francamente, eu continuava não entendendo nada. Alguma coisa impedia Melissa de se soltar e amar Dean, mas eu não tinha ideia do que era. E ela não ia contar.

Na manhã seguinte, nós nos aprontamos em silêncio. Insisti para que Jack fosse até o aeroporto comigo, porque não queria lidar com aqueles dois sozinha. Não tinha ideia de como seria e precisava de todo o apoio possível. Além do mais, Jack poderia dizer aos dois que fossem se foder quando tudo o que eu queria era colar o corpo dos dois.

Para sempre.

Dean evitou Melissa. Ele se recusou a olhar em sua direção, sentar perto dela ou reconhecer sua existência. Com uma olhada notei que aquilo estava acabando com ela. Melissa parecia se despedaçar. Quando chegamos ao aeroporto, caminhamos juntos em direção ao balcão de check-in. Jack parou para algumas fotografias, lembrando aos fãs que não podia assinar nada.

— Dean — Melissa sussurrou na direção dele, baixinho.

— O quê? — ele respondeu, sem se virar.

— Podemos conversar?

— Não. — Ele virou a cabeça e encontrou o olhar dela. Meu coração se partiu naquele instante. Eu odiava aquilo pelo que eles estavam passando e queria que a dor passasse logo.

— Você nem vai falar comigo agora? — Melissa perguntou, com a voz apagada.

— Não, não vou falar com você agora.

A mulher no balcão de passagens gritou "Próximo", e Dean foi até lá sozinho. Abracei minha amiga e puxei sua cabeça contra mim. — Obrigada por vir. Sinto sua falta.

— Sinto sua falta também. Odeio que você esteja tão longe — ela se queixou.

— Eu sei. Eu também. Você precisa dar um jeito nessa história com Dean — sugeri, e ela suspirou.

Depois de despachar as malas, encontramos os Carters em frente à segurança. Abracei Dean com força. — Eu amo você e sentirei sua falta. Muito obrigada por ter vindo. E volte mais vezes. Nós sentimos sua falta.

Ele me deu um grande sorriso. — Voltarei, sim. Eu sinto falta de vocês também.

— Diga a vovó e ao vovô que mandei lembranças, por favor! — acrescentei, antes que esquecesse. Sentia saudades deles o tempo todo. Nunca vira um casal que soubesse tanto da vida quanto aquele. Eles sabiam o que realmente importava e nunca hesitavam em dizer. Eu tinha tanto a agradecer a eles!

Jack abraçou seu irmão e bateu em suas costas com tanta força que poderia tê-lo quebrado. Dean se virou para Melissa e disse — Boa viagem.

— Como assim? Não vamos no mesmo avião? — Ela olhou para mim, a incerteza escrita no rosto.

— Não mais.

Seu queixo caiu completamente. O meu também. — Sério? — ela perguntou.

— Sério — ele disse, impassivelmente.

— Qual é o seu voo?

— Não é o seu, então, não precisa se preocupar. — Dean entrou na fila da segurança e fiquei completamente aturdida.

— Puta merda! — eu disse, para ninguém em particular.

Os olhos de Melissa se encheram de lágrimas, mas ela as afastou com uma fungada enquanto eu lhe dava um último abraço. — Ligo mais tarde — ela disse, preendendo o fôlego e entrando na fila sozinha, agora separada de Dean por outras pessoas.

— Você vai ficar bem? — perguntei, ainda chocada.

Ela forçou um sorriso. — Sim.

Procurei pela mão do meu marido e apertei-a com força. Jack disse adeus a Melissa novamente e me puxou em direção à saída. — Não posso acreditar que ele fez aquilo — eu disse, olhando nos olhos achocolatados de Jack. Ele deu uma olhada de esguelha na minha direção, mas não disse nada. — Odeio admitir, mas isso foi bem agressivo — insisti e suspirei profundamente.

— Sinto muito, gatinha, mas ela mereceu.

Eu queria discordar. Queria defender minha melhor amiga e dizer a meu marido que ele estava errado. Queria repreendê-lo por ser tão cruel e insensível, e dizer que apenas um idiota completo falaria algo assim em uma hora daquelas. Mas ele estava certo. Portanto, muito embora quisesse defender Melissa, como ela fizera tantas vezes por mim no passado, não consegui.

Apertei a mão de Jack e permiti que ele me puxasse para fora, onde Matteo estava esperando junto ao carro. O calor e a umidade me atingiram diretamente no rosto e dei um último suspiro antes de deixar toda a tensão do fim de semana se esvair.

Duas semanas depois, eu ainda não conseguia acreditar no que tinha acontecido. Dean perdendo a paciência com Melissa fora o mais próximo que eu já vi dele agindo como o Jack. Fora sexy. Eu nunca diria isso para o Jack, mas fora realmente sexy. Fiquei surpresa de que Melissa não tivesse se derretido formando uma poça no piso do apartamento. Em vez disso, ela continuou sendo teimosa e ficando na defensiva, o que era um mecanismo de defesa, eu achava.

Eu estava realmente triste por eles. Queria que se acertassem e não tinha ideia de por que Melissa complicava tudo. Que espécie de pessoa não sabe o que está acontecendo com a melhor amiga?

Tudo o que eu sabia era que eu não queria estar no meio dos dois. Tinha dito isso a eles, que não queria ser envolvida. E nenhum deles me perguntava sobre o outro quando conversávamos, o que não acontecia com tanta frequência quanto antes. Tínhamos nos distanciado muito em relação à época do colégio!

Dean se manteve ocupado trabalhando no escritório enquanto os agentes de Jack, Mark e Ryan, viajavam pelo país buscando novos talentos. Ele era o contato local. Anotava recados, lidava com a correspondência e com os contratos, preenchia relatórios. Não perdia de vista jogadores novos, iminentes e veteranos, e estava sempre disponível. Dean me contou uma vez que a única coisa que não fazia no escritório era dormir, mas isso poderia ser ajeitado se comprassem um sofá. Dei risada, mas senti o orgulho aquecer meu coração ao ver como trabalhava duro e amava o trabalho.

Melissa, por sua vez, tinha convencido a mãe a deixar que abrisse um pequeno escritório de sua firma de relações públicas em Orange County. Ela percebera que mais da metade dos clientes moravam em OC e não fazia nenhum sentido forçar essas pessoas a dirigir até Los Angeles para as reuniões. Os clientes gostaram e o novo escritório fez sucesso rapidamente no boca a boca. Melissa, de repente, precisava de mais gente e sua mãe ficou muito orgulhosa da única filha. Eu sempre soube que ela acabaria administrando a empresa, e nada daquilo me surpreendeu.

As coisas entre mim e Jack melhoraram muito. Ele focou toda a sua energia no treinamento e nos exercícios para a mão. Quando o time estava viajando, passava a maior parte do tempo no campo com os treinadores. E quando o time jogava em casa, ele ficava pregando peças em todos os jogadores. Chegaram a me pedir para prendê-lo em casa para que parasse de zoar com eles.

Perguntei a Jack, depois do jantar uma noite, o que ele estava fazendo para torturar seus colegas de equipe, e ele não conseguiu parar de rir. — Coloco as coisas dos novatos no armário do Newman. — Lembrei que Newman era um veterano e que, se havia uma coisa que qualquer jogador novato tinha que fazer era respeitar os veteranos. Nem mesmo deveriam falar com eles, quanto mais botar suas coisas no armário de um.

Jack jogou a cabeça para trás e deu risada. — Newman fica fulo da vida, e o pobre do novato não tem ideia de como suas porcarias foram parar lá, mas não pode dizer nada. Porque, você sabe, ele não pode conversar com um veterano, nem se defender. Newman enfia todos os trastes na sacola, joga no meio do vestiário e ameaça o cara. Faço isso o fim de semana todo. O pobre novato fica quase louco até que alguém diz: "Bem-vindo à liga profissional".

— E contam que é você? — Sorri, feliz por ouvir Jack rindo.

— Porra nenhuma! Ninguém fala para os coitados quem está de zoeira. É uma regra. Ninguém delata ninguém.

— Fico feliz que esteja se divertindo com seus colegas de equipe, querido. — Sorri, estendendo a mão para o outro lado da mesa e tocando os pelos espetados de sua barba. Amava aquele descuido.

Devo reconhecer que ter Jack em casa para o jantar era realmente muito bom. Ele nunca estivera tão perto, e, embora sua mente estivesse decididamente preocupada com a mão, sua presença física era uma mudança bem-vinda. Fazia-me perceber quão pouco ele ficava em casa e quão raro era nos sentarmos juntos para jantar. Quase nunca tinha acontecido.

Mesmo entre as temporadas, Jack estava sempre focado no que estava por vir. Sua mente se voltava para o treinamento, ficar em forma, comer direito, fazer o que fosse preciso para ser relevante e necessário para a próxima temporada. Eu não ficava medindo a quantidade de tempo que o beisebol tomava dele, mas em alguns momentos era ótimo tê-lo por perto.

Olhando fixamente para meu marido sexy, tentava abafar a ânsia de rastejar sobre a mesa e comê-lo no jantar. Sabia que ele não se importaria, mas não queria interromper a conversa. Ver Jack sorrir e gargalhar era o ponto alto dos meus dias.

— Fale do calouro que eles trouxeram para arremessar com você — eu disse, e suas sobrancelhas se ergueram.

— Não contei que ele não vai ficar? — Jack sorriu maliciosamente e uma covinha apareceu. Eu queria mergulhar naquela covinha.

Estendi a mão para o copo de vinho e tomei um gole. — Para onde ele vai?

— Ele é temporário — Jack disse, com um sorrisinho malicioso.

— Quem te disse isso?

— Ele mesmo. Simplesmente foi até mim durante um jogo e disse: "Eles me disseram para não ficar muito acomodado aqui, você sabe". O que, naturalmente, eu não sabia. — Jack mexeu a comida com o garfo. — É foda. Ainda não me acostumei a comer com a direita.

Dei risada. — E o que você disse depois disso?

— Porra, eu não disse nada. Só olhei para ele. Não devo nada ao garoto. Ele tomaria meu lugar em um instante se deixassem. Sei disso.

— Então, ele vai ser mandado de volta quando você puder jogar? — perguntei, antes de encher minha boca de salada.

— Acho que sim. Mas ele é bom. E odeio como odeio que ele seja bom. Faz com que eu me sinta um idiota.

— Você não é um idiota. Suou a camisa para merecer a posição que tem e não quer que seja tomada de você. — Eu entendia esse sentimento. Sabia o quanto o beisebol significava para Jack e tudo o que ele passara pessoal e profissionalmente para conquistar suas metas. Ninguém queria que um incidente idiota mudasse toda uma carreira. Ou acabasse com ela.

— Exatamente. Mas quero que o time vença. E ele ajuda nisso. Depois fico irritado, porque às vezes não quero que ele seja tão bom assim. — Jack passou a mão pelos cabelos, com o humor subitamente mudado.

— Faz sentido — eu disse para encorajá-lo quando seus olhos se ergueram para encontrar os meus. Era o trabalho do time vencer a todo custo. Jack estava morrendo de medo de perder sua posição para um jogador mais jovem que arremessasse mais rápido. O medo de todo jogador, quando se machucava, era de ser substituído. O beisebol deixava claro que havia uma longa fila de caras mais jovens esperando para entrar em cena no momento em que alguém se machucasse. Era muita pressão.

Deixei meus pensamentos saírem pela boca, com a adrenalina aumentando. — Você ama seu time. Não quer que eles percam nunca. Mas não quer que o garoto seja melhor que você, porque precisa que sintam sua falta. Você quer ser necessário. Quer que o Mets seja mais fraco com sua ausência.

Os olhos de Jack se arregalaram e um sorriso enorme iluminou seu rosto. — É isso! É exatamente isso. Eu amo você.

O som da cadeira dele guinchando sobre o piso atingiu meus ouvidos tão rapidamente quanto sua boca gostosa. — Você. Nua. Agora.

Meu coração disparou quando senti uma vontade entre minhas pernas. Nunca cessava de me espantar quão facilmente Jack podia me transformar em um poço de desejo. Em um segundo estávamos rindo, no seguinte tudo em que eu conseguia pensar era em tê-lo dentro de mim.

Sua boca apertava a minha. Ele me beijou com força duas vezes e, quando abri os lábios, sua língua procurou pela minha. No momento em que elas se tocaram, meu corpo doeu e vibrou em uníssono.

— Você é tão gostoso — consegui falar, quando ele me ergueu em seus braços e me carregou para o quarto. Tentei protestar, preocupada com a mão quebrada, mas ele me silenciou com sua boca.

— Não fale — Jack exigiu, e eu obedeci. Faria qualquer coisa que ele pedisse, de tão excitada que estava. — Quero você, Cassie. Você é genial.

Ele beijou meu pescoço e a sensação de seus lábios me deixou zonza.

— E linda. — Jack me lambeu até o ombro, dando uma mordidinha no final. Soltei um gemido impetuoso e senti-o se contorcer junto a mim.

— E talentosa. — Ele continuou até chegar na beirada da blusa, puxando-a por cima da cabeça e jogando-a no chão. Imediatamente levou sua boca à minha barriga nua, beijando e lambendo em torno do meu umbigo, a pele tão sensível ali que me fez estremecer.

— E feita para mim. — Sua cabeça se ergueu e seus olhos de chocolate encontraram os meus. — Você sabe disso, certo? — Seus olhos se apertaram quando sua mão direita se moveu para soltar meu sutiã. — Que foi literalmente feita para mim? Este corpo — ele disse, jogando meu sutiã rendado no chão junto com a blusa — foi feito para mim. E só para mim. Diga que você sabe disso.

Jack estendeu a mão em direção ao meu rosto e fechei meus olhos, deixando o peso de suas palavras se instalar em mim. O espaço entre nós se encheu de amor, luxúria, desejo e carência. Aquele momento me preenchia... me completava...me satisfazia. Poderia viver para sempre daquelas emoções.

— Fale, Cassie. Fale que você sabe que este corpo foi feito para se ajustar ao meu. E apenas ao meu. Nenhum novato pode tomar meu lugar. Ninguém mais pode ocupar esta posição. Você é minha mulher e de ninguém mais. Sempre. Eu venero você. Sempre vou venerar.

Eu não sabia por que, mas suas palavras me encheram de tanta emoção que quase comecei a chorar. Talvez fosse o modo como as dizia, ou o que dizia, mas meu peito arfava com cada tomada de fôlego penosa que dava. Dominada, olhei para ele. Para meu marido supergostoso, inteiramente confiante, fabulosamente bonito. Eu me senti reassegurada, sabendo quão felizardos éramos por ter um ao outro. Nunca ia querer outra pessoa enquanto vivesse. Era Jack Fodão Carter ou mais ninguém.

— Fale, gatinha. Fale que é minha — ele exigiu, quase ronronando.

Dei um suspiro profundo e vi meus seios se erguerem e abaixarem. Enrosquei os dedos em seu cabelo escuro e puxei ligeiramente, forçando seus olhos a fitar os meus. — Sou sua. Sempre vou pertencer a você. É você, e mais ninguém. Está ouvindo? Só você. Sua. Para sempre.

Nossos sentimentos extravasaram e o oxigênio do quarto deu espaço a algo inteiramente diferente. As palavras de Jack eram um afrodisíaco para mim, cada uma ardendo mais que a anterior. Eu era um poço de carência, tão completamente excitada por tudo o que ele acabara de confessar que fiquei surpresa por não sofrer combustão espontânea e derreter na cama.

— Para sempre — ele reforçou antes de levar sua boca até meu seio. Sua língua golpeou freneticamente meu mamilo, de leve, antes de Jack chupá-lo e segurá-lo entre os dentes. Gemi quando ele estremeceu. Chupou e lambeu mais um pouco antes de ir para o outro, dando a ele o mesmo tratamento.

Eu me retorcia debaixo dele, erguendo meus quadris de encontro aos seus, dizendo sem palavras que estava pronta para recebê-lo.

— Ainda não — Jack respondeu ao meu apelo mudo. Moveu a mão em direção ao meu jeans, mexendo no botão.— Você vai precisar tirar isso, gatinha. Minha mão direita é totalmente inútil.

Desabotoei o jeans e baixei o ziper. Livrando-me dele com um gesto rápido, fiquei olhando Jack fazer o mesmo e jogá-lo no chão. Ele parou apenas por um momento, longo o suficiente para que eu o visse em toda a sua nudez gloriosa. Quis congelar e emoldurar aquele segundo, gravá-lo a fogo na memória. Jack Carter nu era uma visão digna de ser contemplada. Seus ombros bem esculpidos e seu peito, descendo até a virilidade que se salientava entre suas coxas musculosas. O corpo atlético daquele homem me impressionava infinitamente.

Fechei a boca e estendi as mãos em sua direção, mas ele balançou a cabeça. Seus olhos encontraram os meus antes que os colocasse entre minhas pernas. Meus lábios se abriram quando ele beijou a parte interna da minha coxa, lentamente, metodicamente. Ele me provocou até eu sentir que não conseguia respirar sozinha. Cada respiração parecia errada, preenchida por esforço demasiado. Quem tinha que *pensar* para respirar? Aparentemente, eu, quando meu marido se posicionava entre minhas coxas.

Sua língua deixou uma trilha de umidade no alto da minha coxa e perto do meu sexo, antes de se mover para a outra perna. Eu me retorci e agarrei sua cabeça, tentando forçá-lo a focar sua atenção onde eu queria desesperadamente que ele focasse. Jack riu. — Quase, gatinha. — Eu podia sentir suas palavras cálidas junto à minha pele.

Bem quando achei que não podia aguentar mais e pensava em matá-lo com as pernas, sua língua foi em direção àquele ponto doce. Meu peito arfou e eu soltei o ar que tinha entrado em mim. Jack me chupou em golpes suaves antes de ficar mais focado, mais febril. Os golpes de sua língua faziam meu frenesi aumentar enquanto passava de um ponto para outro. Num momento sua língua me rodeava pelas bordas, no outro mergulhava dentro de mim, entrando e saindo em rápida sucessão.

Apertei meus olhos com tanta força que vi estrelas. Ou talvez fosse sua boca que me fizesse vê-las. Como saber? Eu só tinha certeza de que aquilo era totalmente mágico. Meu marido era um mago com uma varinha em forma de língua e eu não me importava com quem soubesse disso.

— Jack. Ah... Ah... Jack. Não pare. Não pare nunca — gritei. — Você é o Harry Potter, ah!

Imediatamente, ele parou. No meio da chupada, ergueu o rosto para me olhar fixamente e pude sentir minha vagina se fechar e morrer um pouquinho.

— Você acabou de me chamar de Harry Potter? — O rosto de Jack se contorceu em graça e confusão.

— Só quis dizer que você era mágico. Sua língua é totalmente mágica. Agora abaixe e lance um feitiço aí. Fique quietinho. Volte para lá. — Empurrei sua cabeça enquanto ele ria.

— Harry Potter pode ser mágico, mas não é real. Eu sou real. Isto é real. — Sua língua retomou as lambidas mágicas e ele enfiou dois dedos em mim. Eu chegava mais perto do clímax a cada golpezinho de sua língua e a cada arremetida de seus dedos.

— É bem assim, Jack. Ah! — gritei quando meus quadris se contorceram, o orgasmo chegando com força.

Ele recuou sua cabeça lentamente, com um sorriso de covinhas no rosto. — Agora você vai começar a me chamar de Harry?

— Só se você quiser — arfei, quando ele se posicionou sobre mim e me penetrou. Ele me preencheu, e comecei a mover meus quadris em sincronismo com os dele.

— Delícia, Cassie. Sempre. Você é tão gostosa. — Ele me penetrou com força, atingindo cada vez mais fundo com suas arremetidas.

— Mais fundo, Jack. Vá mais fundo — pedi, e ele agarrou meus ombros e rolou sob mim, sem sair. Subi nele, tomando-o tão profundamente quanto pude. Eu me inclinei para ele, ainda me movendo para cima e para baixo, beijando seu peito e lambendo os mamilos.

Meus quadris continuaram a se mover mais rápido; sua ereção crescia a cada golpe.

— Está sentindo? — ele perguntou, referindo-se ao fato de não parar de crescer. Sua voz saía apertada, como se ele não conseguisse ar suficiente. — Vou gozar, gatinha. Estou quase lá.

Fiz que sim, sentindo a mesma coisa dentro de mim. Quando me esforcei para alto e para baixo junto com ele em um ritmo acelerado, Jack enrijeceu, atingindo um ponto meu que só ele atingia, e eu comecei a estremecer. Os olhos dele se fecharam quando ele explodiu dentro de mim, preenchendo-me. Eu me deleitei na emoção de seu orgasmo, e meu orgasmo logo abriu caminho dentro de mim. Meu corpo pulsava enquanto as batidas do meu coração latejavam em meus ouvidos. Desfaleci sobre o peito de Jack e deitei ali, arfando enquanto ele passava os dedos pelos meus cabelos, sua respiração rápida e seu corpo escorregadio de suor.

— Minha — foi tudo o que ele disse quando beijou minha testa. — Para sempre.

Negociado

JACK

Três semanas depois...

Hoje fez seis semanas que quebrei a mão. Cassie queria ir comigo na consulta médica para dar apoio moral, mas eu disse a ela que precisava fazer aquilo sozinho. Não porque queria que ela não estivesse lá, mas porque minha mulher não poderia fazer nada quanto ao diagnóstico.

Se minha mão estivesse curada, ótimo. Mas, se ainda estivesse mal, Cassie não poderia resolver, e eu precisaria de tempo para assimilar a situação. Era o tipo de coisa pela qual se tinha que passar sozinho e depois agradecer a Deus, ou quem quer que fosse, por não estar sozinho quando terminasse. Cassie era ótima para isso, completamente compreensiva. Ela sempre fora assim.

Desejou-me boa sorte quando saiu pela porta para ir trabalhar, e eu prometi ligar assim que ficasse sabendo de alguma coisa.

Sentia um frio no estômago com a possibilidade de minha carreira estar terminada pairando sobre minha cabeça como uma espécie de nuvem metafórica. Eu quase não comi nada e mal podia pensar em qualquer coisa quando subi na mesa de exames.

— Como você está se sentindo? — o médico perguntou, tranquilo, e eu quis estrangulá-lo por tentar uma conversa amena comigo numa hora daquelas.

Sem vontade de responder, eu lhe dei um sorrisinho e um curto aceno positivo com a cabeça. Era imaturo e pouco profissional, mas, se ele não tirasse o gesso da minha mão e desse sua opinião, eu vomitaria em seus sapatos brilhantes e idiotas.

Ele agarrou um aparelho de formato estranho e começou a cortar o gesso. Descascando as camadas, delicadamente, removeu-o. Sacudi a mão para espantar o cheiro rançoso que se seguiu e resmunguei um pedido de desculpas.

— Faz parte, Jack. Ninguém poderia ficar cinco semanas sem lavar uma parte do corpo e esperar que cheirasse como rosas — ele explicou.

Obviamente o médico não conhecia minha mulher. Aposto que ela cheiraria. Ela podia tudo.

Olhei para minha mão, que estava amarrotada e pálida por ficar na toca as últimas cinco semanas. Tive que me impedir de dar uma pancada nela para fazer a cor natural retornar. Ergui os braços lado a lado, minha mão esquerda, antes a mais forte, ficou parecendo doente e desgastada na comparação.

— Quanto tempo vai levar até que se pareça minha mão novamente? — perguntei.

— Isso é totalmente normal também. Deixe-me ver como estão seus dedos. — Ele pegou minha mão e me pediu para mexê-la. Os dedos estavam doloridos e pareciam desajeitados pela falta de uso.

— Excelente, agora feche o punho.

Fiz como ele pediu, fechando os dedos na palma de minha mão. Todos os movimentos pareciam estranhos. E fracos.

Eu não estava habituado a isso.

— Tudo parece bem. Os ossos se recuperaram direitinho. Você vai precisar de uma semana de fisioterapia e já vai poder voltar ao campo, dependendo...

— Dependendo de quê? — perguntei.

— Calma. — Ele fez um sinal de desculpas com a mão. — Dependendo de como você vai se sentir, eu ia dizer. Cada um se recupera de um modo diferente — o médico disse, e eu suspirei.

— Posso fazer uns arremessos? — perguntei, determinado a me curar o quanto antes e voltar para o campo, onde era meu lugar.

— Não vejo por que não. Fique à vontade.

Mais que depressa, enviei uma mensagem de texto para Cassie.

A mão parece boa. Curada. Vou fazer uns arremessos.

Meu celular soou imediatamente.

Estou tão aliviada. E grata. Boa sorte, querido. Eu amo você.

Fui para o campo e agarrei uma bola. Fechei a mão em torno das costuras, em um aperto curvo. Não consegui segurar com tanta força quanto antes, mas não fiquei preocupado. Os cem por cento viriam com o tempo. Com o coração na garganta, puxei meu braço de volta e soltei a bola, só me aquecendo.

Não parecia a mesma coisa. O aperto era débil e meus dedos careciam da força bruta que tinham a meras cinco semanas antes.

Passei no consultório e perguntei ao médico: — Devo fazer exercícios de força primeiro?

— Claro — ele disse ao me atirar uma bola parecida com uma esponja. — Aperte isso. — Fiz o que pediu e ele sorriu. — Ótimo. Faça isso muitas vezes ao dia, sem exagerar. Não mais do que cinco séries de dez por dia. Sei que não parece muito, mas pode confiar em mim. Também não deixe de flexionar os dedos e apertá-los contra alguma coisa plana, como uma mesa.

— Tudo bem. Obrigado.

Pela semana seguinte, fiz como o médico ordenou, e toda vez que jogava a bola no campo eu me sentia mais e mais como o meu velho eu. Minha mão parecia bem e, sob o olhar e o cronômetro do treinador, eu joguei, consistentemente entre noventa e noventa e uma milhas por hora. Não com tanta velocidade quanto antes, mas ainda rápidas. Ele me removeu da lista de machucados e disse que eu faria os últimos jogos em casa.

Mal podia esperar para jogar novamente. E para colocar o uniforme completo. Enquanto estava machucado, usava apenas a calça e um agasalho do uniforme. Queria usar todos os apetrechos outra vez.

Na tarde de domingo, as arquibancadas do estádio Shea estavam lotadas. Havia algo de especial em um jogo em uma tarde de verão. Todo mundo queria estar lá, assistindo ao passatempo nacional favorito.

Quando fui para o monte no centro, os aplausos foram ensurdecedores. Tinham sentido minha falta. Graças a Deus que sentiram minha falta, porque eu sentira falta deles também. Dos fãs, das palmas, do estádio, do cheiro de comida e da grama recém-cortada à minha volta.

Removi rapidamente a terra que havia em torno da borda frontal do monte com o dedão, fazendo uma pequena cavidade na grama. Dei um coice forte na borracha branca antes de me virar para ficar em pé sobre ela. Era loucura, mas eu estava com saudades de sentir meus pés ali.

A noção de que perdera a velocidade dos arremessos fez pouco para acalmar a ansiedade em mim. Eu queria arremessar com mais força, mais rápido, mas minha mão não cooperava. Meus dedos não eram capazes de prender a bola com tanta força como antes. Nem de lançá-la assim. Sabia disso porque sentia. De meu braço até a ponta dos dedos dos pés, meu corpo reagia ao modo como meus arremessos tinham mudado.

Depois de inspirar profundamente, mirei no apanhador que me esperava e arremessei. A bola voou diretamente para o centro, perfeita e rápida. Minha mão pareceu bem e eu queria mantê-la daquele jeito, então estiquei os dedos e fiz mais dez arremessos antes que o primeiro rebatedor ganhasse uma base.

Mirando e concordando com o pedido do apanhador para um primeiro arremesso de bola veloz no canto, puxei o braço para trás e arremessei. O rebatedor oscilou e errou. Dei uma olhada no placar atrás de mim para verificar a velocidade enquanto recuava até a posição. O painel apontava noventa.

Merda.

Eu podia apenas imaginar o que os locutores estavam dizendo sobre mim naquele exato momento. Uma bola veloz de primeiro arremesso a apenas noventa por hora? O cara pode descer de divisão. Fazendo algo que raramente faço, lancei um olhar furtivo para onde ficavam as mulheres dos jogadores e fixei os olhos em Cassie. Dei duas batidas no boné, dando meu sinal, e pude ver um sorriso se espalhar pelo seu rosto.

Olhar para ela me deu a força que eu precisava para superar o problema. Lembrei-me do colar e apertei-o. Inspirando profundamente, olhei de soslaio para o apanhador. Ele ergueu dois dedos antes de dar uma batidinha na coxa. Rezei para que minha bola curva estivesse boa enquanto remexia com as costuras da bola para encontrar a posição certa. Ergui o joelho no ar e arremessei a bola em direção ao rebatedor, que oscilou e a mandou para mim. Tirei o corpo do trajeto da bola, a lembrança de ter sido atingido na mão ainda fresca na minha mente.

Chutei a terra e praguejei em silêncio. Seis semanas antes, o cara só rebateria minha bola curva com muita dificuldade. Agora ele a acertava como se eu a tivesse servido de bandeja. O *timing* dele era perfeito, e o meu estava perdido.

O resto foi mais do mesmo. Eliminei quatro caras e consegui que a maioria do resto ficasse fora. Mas estava frustrado. Estava feliz por não ter dado bola fora e realizado um jogo razoável, mas furioso por não ter arremessado com mais velocidade. Tentei me superar dando meu máximo, mas nunca ultrapassei o noventa e um.

O treinador me chamou, deu um tapinha nas minhas costas e disse para não me preocupar com aquilo. Mas eu me preocupava. No beisebol, você sempre se preocupa. Nada era cem por cento certo. Você sempre podia ser substituído.

Depois do jogo, atravessei as portas familiares e entrei no corredor onde Cassie esperava por mim. Ela me tranquilizava. Sua presença tornava tudo melhor. Eu podia vencer qualquer batalha com minha mulher ao meu lado. Iria à pior das guerras se soubesse que voltaria para casa, onde ela me esperaria.

Cassie se ergueu na ponta dos pés e me deu um beijo molhado na boca. — Você foi excelente. Como se sente?

— Obrigado, gatinha. Eu me sinto bem. Sei que posso fazer melhor.

— É seu primeiro jogo. Você vai ficar cada vez mais forte.

— Você está falando como um técnico — provoquei, passando o braço nela.

— Estou falando sério. Ninguém espera que você fique cem por cento imediatamente.

Eu sabia que ela estava tentando ajudar, mas não acreditava nela. O treinador, o gerente do time, todos esperavam que eu ficasse cem por cento logo. Dizendo isso na minha frente ou não, era o que esperavam.

— Vamos comer. Estou morrendo de fome — eu disse, para mudar de assunto, e dei um beijei nela enquanto saíamos do estádio.

A semana seguinte foi mais do mesmo. Arremessei, mas não ganhei velocidade. Todos continuavam dizendo que eu precisava de tempo para recuperar minha força, mas eu podia ver o desapontamento em seus olhos. E, muito embora meus colegas de equipe nunca reconhecessem isso em minha frente, estavam bem felizes que isso não estava acontecendo com eles. E eu não podia culpá-los. No lugar deles, sentiria o mesmo. Feliz por não ter sido comigo.

Do lado de fora, as pessoas provavelmente pensam que o beisebol é um esporte qualquer. O público em geral pensa que um atleta profissional não tem de que se queixar. Como não ser feliz recebendo uma tonelada de dinheiro para jogar?

Mas a vida raramente é simples como as pessoas imaginam. Beisebol é muito mais que isso. É um negócio. E um negócio feio, às vezes. Uma das coisas mais frustrantes para um jogador é quando o lado comercial entra em cena e bagunça tudo.

Nós, jogadores, só queremos jogar. Não queremos envolvimento com o lado comercial do jogo, e é por isso que temos agentes e empresários. Queremos desesperadamente que deem um jeito nessas coisas para que possamos simplesmente nos concentrar no jogo.

Mas não é assim que o beisebol funciona. Você joga nos termos deles. É uma peça que pode ser atingida, mudada de posição, enfiada em qualquer lugar, usada como moeda de troca ou jogada fora quando já era. Você é só uma peça no jogo deles.

— Jimmy quer ver você. — o treinador me disse depois que tomei uma chuveirada. O nervosismo me atingiu. Nunca era bom quando o dono do time queria conversar com você. Eu sabia que meu jogo não era o que costumava ser, mas tinha acabado de voltar. Iria melhorar e eles sabiam disso. Só precisava de mais tempo.

— Feche a porta, Jack — a voz rouca de Jimmy exigiu, quando entrei.

Com um vazio no estômago, fechei a porta e fiquei diante dela.

Jimmy fez um sinal para que eu me adiantasse. — Pode sentar.

Balancei a cabeça. — Prefiro ficar em pé. Se você vai me dar más notícias, não quero estar sentado. — Contraí os dedos da mão esquerda.

Jimmy fez que sim e me olhou direto no olho, então usou uma voz toda comercial, sem emoção. — Jack, vamos negociar você. Dois times estão interessados e quero saber qual você prefere. — Ele se ajeitou na cadeira e me olhou, obviamente, esperando que eu dissesse alguma coisa.

Ele acabou de dizer que vão me negociar?

Meu primeiro instinto foi brigar, mas não dá para brigar por isso. Não funciona assim. A negociação não é com seu agente ou com sua família. É um trato de time com time, do qual você é deixado de fora. Você não precisa nem assinar nada, porque é seu time que controla você. Jogadores não têm voz nessa questão. Raros são os casos em que pedem sua opinião.

Como aquele.

Estava chocado demais para responder. A palavra "negociado" continuava pairando sobre minha cabeça.

— Mas eu amo Nova York. E o time — eu disse, soando tanto como uma criança que imediatamente desejei me dar um pontapé.

— Sabemos disso, garoto. Mas seus arremessos caíram e o time considera mais interessante negociar você.

O time considera mais interessante.

Beisebol é um negócio.

Beisebol é um negócio.

Beisebol é um negócio.

Não importava quantas vezes eu me lembrasse do fato, o choque não diminuía.

A pressão cresceu em meu peito quando desviei os olhos, lutando para achar o que dizer. Finalmente, eu me recompus e voltei a encará-lo.
— Não estou curado cem por cento ainda. Só preciso de mais tempo. Vou voltar ao nível de antes, você sabe disso.

Jimmy balançou a cabeça. — Já está resolvido.

— E por que estão me dando a chance de escolher para onde ir? — Eu me senti um pouco zonzo quando a sala girou, ou talvez fosse minha cabeça desnorteada pela notícia.

— Porque a oferta é a mesma. Achei que seria educado perguntar se você preferiria um dos dois.

— Obrigado — eu disse, assentimento com a cabeça.

— Tanto Toronto quanto Anaheim querem você. Diga qual prefere e vou fazer meu melhor.

Prendi a respiração. Estava decidido. — Anaheim. Definitivamente.
— Se eu tinha que ser negociado e me mudar, o mínimo que podia fazer era levar Cassie de volta para casa.

Merda.

Ela iria me matar.

Minha mente rodopiava com as ramificações. Cassie tinha um emprego que amava. Tínhamos construído um lar em Nova York. Éramos os principais clientes de Matteo. Tínhamos amigos e responsabilidades, e, de repente, senti o peso do mundo caindo sobre meus ombros.

Jimmy tossiu. — Ótimo. Vou avisar. — Ele me dispensou com um sinal.

Fiz menção de sair, mas parei por um segundo, depois eu me virei e perguntei: — Quando terei a confirmação?

— Dentro de poucos dias. Não antes disso.

Poucos dias?

— Ainda vou jogar? — perguntei. Devia ser uma pergunta estranha, mas eu queria saber quando seria meu último momento de importância. Queria poder dizer adeus, sabendo que pisaria no pequeno monte do centro pela última vez, vestiria o uniforme pela última vez, entraria no campo pela última vez. Sou um jogador de beisebol. Somos todos tremendamente loucos, certo?

— Provavelmente, não. Você é um bom arremessador, Jack.

Há poucos meses eu era um grande arremessador.

— Você ainda tem alguns anos pela frente, não desanime. Faz parte do jogo.

Eu me enchi de cólera por um momento, quando as emoções brotaram diante da injustiça daquilo tudo. *É fácil pra caralho dizer isso.*

Não exprimi o pensamento em voz alta. Em vez disso, eu me acalmei e resmunguei: — Não faz, não.

— O quê? — Jimmy bateu a caneta sobre a escrivaninha e me olhou analiticamente, o rosto ficando vermelho.

— Isso — eu disse seriamente, depois fiz uma pausa. — Não faz parte do jogo. Faz parte do *negócio*, não do jogo. — Abri a porta e saí.

Ainda tinha alguns anos pela frente? Eu mostraria a eles. Minha mão não estava totalmente curada ainda, mas poderia ficar tão forte como um dia fora. O Mets podia ter acabado de me demitir, mas eu não iria desistir. Iria fazer meus melhores jogos pelos Anjos de Anaheim. Ao menos ainda estaria jogando.

Matteo me levou para casa em silêncio. Vinha sendo assim desde que eu me machucara. Ele me deixava tomar a iniciativa da conversa e na maior parte dos últimos dias eu me mantivera em silêncio. Eu me sentia mal porque éramos amigos; e eu não vinha agindo como um amigo, ultimamente.

— Vejo você depois. Obrigado — eu disse, quando pulei do carro e rumei para dentro do prédio.

Subi e entrei, desesperado para encontrar minha garota. — Cassie?— eu gritei e esperei. Nenhuma resposta. Ela não tinha ido ao jogo aquela tarde porque precisava trabalhar.

Dando uma olhada no celular, percebi pelo horário que ela ainda deveria estar no escritório. Eu não podia esperar; ficaria totalmente louco se não falasse com ela. Cassie precisava saber o que estava acontecendo e eu tinha que contar o quanto antes.

Não havia alternativa. Deixaríamos Nova York dentro de poucos dias.

Liguei para ela e fiquei andando de um lado para o outro enquanto esperava que atendesse.

— Oi, querido — ela disse, sua voz um bálsamo tranquilizador sobre meus nervos despedaçados.

— Gatinha, que horas você vem pra casa? — Tentei ocultar a urgência em meu tom, sem sucesso.

— Por quê?— ela perguntou, imediatamente em alerta. — Você está bem? Posso sair já se você precisa de mim.

— Eu preciso — admiti.

— O que aconteceu? Você está bem? — ela perguntou. A preocupação em sua voz era de cortar o coração.

Puxei meu cabelo enquanto andava de lá para cá. — Estou bem, juro. Só preciso que você venha para casa.

— Ok. Estou chegando.

Andei para cá e para lá durante os quinze minutos que Cassie levou para chegar. No momento em que entrou, praticamente pulei sobre ela e a puxei para mim. — Sinto muito. Desculpe.

— O que está acontecendo? Jack, você está me assustando — ela confessou, seu rosto perdendo a cor.

— Estou sendo negociado — falei sem pensar.

Qualquer cor que restasse em seu rosto desapareceu imediatamente. — Para... onde?

— Eles me ofereceram dois lugares e perguntaram se eu tinha preferência, mas não vou saber até a negociação estar concluída.

— Onde? — ela perguntou novamente, seu tom mais insistente daquela vez.

— Anaheim ou Toronto.

— Certo. — Seus olhos perderam o foco por um segundo, depois as perguntas começaram. — Como vai ser? A gente vai ter que mudar, certo? E passar esse apartamento para a frente. Eles ajudam na mudança? Claro que não. Como isso funciona? — Ela parou, mas eu podia ver as engrenagens girando em sua cabeça. — Tenho que deixar meu emprego. Eu amo meu emprego.

Queria poder consertar. Cada detalhe. Dizer que ela não tinha que abandonar nada por mim. Ou se mudar por mim. Ou mudar sua vida de qualquer modo por mim. Mas eu morreria sem ela. Precisava daquela garota como as plantas precisavam de oxigênio. Poderia dizer tudo aquilo, mas estaria mentindo. E ela saberia disso.

Cassie olhou para mim, seus olhos verdes brilhando com lágrimas. — Como isso funciona? Fala pra mim.

A expressão em seu rosto partiu meu coração. Puxei-a para o sofá e a coloquei em meu colo, então passei meus braços em torno dela. Eu lhe diria tudo o que quisesse saber, mas primeiro precisava tê-la perto de mim. Precisava tocá-la enquanto falasse.

Encostei minha cabeça em suas costelas. — Tenho que partir na noite em que a negociação for concluída. Quando quer que isso aconteça e onde quer que estejamos. Eles vão me avisar e me dar uma passagem de avião.

— E se você estiver viajando? — ela perguntou, brincando com as mechas do meu cabelo.

— Não vou poder vir para casa, ver você ou fazer as malas. Se estiver viajando, parto direto para a cidade do outro time, onde quer que ele esteja.

— Que horror — ela disse, e eu dei risada.

— É um pouco horroroso, sim.

Cassie engoliu um suspiro profundo. — E vocês não têm nenhuma folga, certo? Quer dizer, se são quarenta e oito horas quando a mulher têm um bebê, imagino que não deem nada nesse caso.

— Não, não tenho folga. Mas isso não significa que você vai ter que fazer tudo sozinha. Pode falar com sua chefe e planejar. Não precisa ir comigo imediatamente. Se esperarmos até a próxima folga posso ajudar você a fazer as malas e mudar.

Cassie pensou por um momento, depois disse: — Jack, olhe para mim. — Ergui os olhos ao ouvir sua voz suave e confortante. — Não vou ficar aqui sem você. Você é negociado, eu sou negociada. Somos um time, lembra?

Abracei-a com força e falei junto aos seus cabelos. — Só não quero que você se sinta totalmente sozinha nisso tudo. Vou entender completamente se quiser esperar até que eu possa ajudar. E se precisar de tempo no trabalho não tem problema. — Eu estava falando sério. Ficar sem ela me mataria, mas Cassie tinha uma vida em Nova York. Se iria abandoná-la, poderia pelo menos fazer isso em seus próprios termos.

Ela fungou, depois se aconchegou mais próxima a mim. — Não quero que você se preocupe comigo. Posso lidar com a mudança e tudo o mais. você só tem que se preocupar com o novo time e em mostrar ao Mets que ele fez uma cagada deixando você sair. Não posso acreditar que o time esteja negociando você!

— Obrigado, gatinha. Nem eu acredito. Ainda bem que tenho este colar. Vou precisar dele. — Puxei a chave e afaguei as letras gravadas nela antes de deixá-la cair sobre o meu peito.

— É seu. Até que não precise mais dele — ela disse com um sorriso, estendendo a mão para tocá-lo. — Eu me sinto traída pelo time. Você se sente assim?

Eu me sentia idiota por estar magoado com o time. O que eu era, um garoto de doze anos? Não, eu era um homem, e homens não podem se ofender com esse tipo de merda.

Mas a verdade era que eu estava magoado. Odiava reconhecer isso, mas prometera não mentir nunca mais para ela e levava a coisa a sério. — Não sei se me sinto tão traído quanto decepcionado. Acho que eu pensava que eles ficariam do meu lado. Meu arremesso pode não ser o mesmo, mas eu acabaria chegando lá. Sinto que me abandonaram. E isso dói, porque eu nunca abandonei o time. Sempre dei cem por cento quando estava naquele no campo. Dói ver que não é uma via de mão dupla. Não é idiota?

Eu me sentia mesmo idiota admitindo isso para ela. Mesmo sabendo que Cassie me entenderia mais do que qualquer outra pessoa no mundo, era horrível dizer aquilo em voz alta.

— Não é idiota de jeito nenhum. — Cassie disse, lealmente. — Você ama o time. E é como se eles dissessem que não te amam. Eles terminaram com você.

Grunhi. — Levei um fora.

Então ela ergueu aqueles olhos fabulosamente verdes para mim e disse: — Eu nunca vou te dar um fora.

Com o coração cheio de amor por ela, peguei sua mão esquerda e beijei o diamante que tinha comprado. — Eu não deixaria mesmo.

Ela riu, seu corpo tremendo junto ao meu. — Eu sei. Já tentei.

— E veja só como acabou bem — provoquei, brincando, sabendo muito bem que ela era a melhor coisa que tinha acontecido na minha vida.

— Eu diria que acabou mais do que bem, senhor. Carter.

— Para mim, talvez. Não sei para você.

Ligeiramente emotiva

CASSIE

Jack recebeu a notícia de que havia sido negociado com o Anaheim dois dias depois. O Mets estava em Sant. Louis e, exatamente como ele tinha dito, ele teve que voar diretamente do Texas para o novo time, os Anjos de Anaheim. O nome era outro agora, mas, tendo sido criada no extremo sul da Califórnia, eles sempre seriam os Anjos de Anaheim para mim.

Tivemos sorte de aquele ser um dos times interessados em Jack. Isso significava que voltaríamos para casa e que Jack não precisaria encontrar um lugar para morar tão cedo. Ele foi direto para a casa dos avós.

Se tivesse sido comprado pelo Toronto, teria ficado em um hotel. Seria apenas por algumas noites, e ele teria que arranjar um lugar sozinho. Essa era apenas outra dura realidade do beisebol profissional. Ninguém ajudava quando você mais precisava de ajuda. Se Jack não tivesse a mim, não sei o que faria. Os jogadores não tinham tempo para encontrar lugar para morar; era difícil lidar com esse tipo de questão quando se passava o dia todo no campo.

Claro que eu odiava a ideia de deixar o trabalho e o lar que tínhamos criado em Nova York, mas odiava ainda mais ficar longe de Jack. Por isso bati na porta de Nora na manhã seguinte à negociação.

— Hmpf. Sei por que você está aqui — ela disse, fingindo momentaneamente estar ofendida. Depois, ela se mostrou realmente indignada. — Não consigo acreditar que o negociaram!

Confusa, eu não sabia se ria ou chorava. — Eu sei.

— Vou sentir muito sua falta — ela disse, com uma expressão solene no rosto. Nora era uma mulher inteligente; obviamente somara dois mais dois e sabia que eu não cumpriria o aviso prévio.

— Não posso acreditar que estou voltando para a Califórnia. Não me entenda mal, amo minha casa, mas ainda não estou preparada para dizer adeus a Nova York. Isso é ruim?

— Claro que não! Nova York está no seu sangue, Cassie. Além do mais, tenho uma proposta para você. — Ela esfregou as mãos e um sorriso tortuoso surgiu em seu rosto.

Imediatamente eu me animei. — O quê? Por favor, que seja algo que me permita continuar trabalhando aqui, mesmo sem estar aqui — implorei.

Ela bufou e me olhou ferozmente, balançando a cabeça. — Você estragou tudo.

— Conte logo!

— Desde que você concorde em ser freelancer ao invés de funcionária. Posso pagar você por projeto. E, querida, como você trabalha mais do que ninguém, vai valer a pena.

Levantei e corri para o outro lado da escrivaninha, abraçando-a com força. — Muito obrigada, Nora! Obrigada, obrigada, obrigada, obrigada! — exclamei junto aos seus cabelos. — Não sabe o que isso significa para mim.

— Querida, temos sorte em ter você conosco.

— Não, eu é que tenho sorte em trabalhar com vocês — praticamente gritei. — Quando vou começar? E como vai funcionar?

— Imagino que você vá se mudar o mais breve possível, certo? — ela perguntou, e eu encolhi os ombros. — Não posso prometer trabalho o tempo todo, mas vou conseguir o que puder para você. Não vai ser como agora, mas é melhor do que nada. E já que você vai ser freelancer, pode escolher cobrar por hora ou por pacote. Vai ter que descobrir por si mesma o que é melhor. Mas acho que você vai conseguir ganhar o mesmo trabalhando menos.

— Eu adoro você.

— Ótimo. Agora, vá fazer sua carta de demissão e a entregue o quanto antes para que possa ir embora.

— Você vai me fazer chorar — eu disse, enxugando as primeiras lágrimas que caíram.

— Estou tentando tornar sua vida mais fácil, Cassie, não fazer você chorar. — Ela me lançou uma olhadela esperta.

— Você está certa. E eu amo você por isso. Nunca vou poder agradecer o suficiente, Nora. Você foi a melhor chefe do mundo.

Ela concordou e reconheceu sem vergonha alguma: — Sou mesmo incrível.

Explodi em risadas. — Eu não tinha ideia alguma do que faria ou de como iria embora. Obrigada por tornar tudo tão fácil.

Nora soltou uma pequena bufada. — É culpa sua, por ser tão talentosa. Agora, vá embora — ela disse, com um sinal de dispensa. — Não quero borrar o rímel.

Dei outro abraço em Nora, beijei seu rosto e virei para sair do escritório pela última vez.

— A propósito — ela disse — as fotos que tirou de Trina são incríveis. Você ainda vai fazer as fotografias do depois, certo?

— Com certeza! Trina me mataria se eu não o fizesse. — Por dentro, eu exultava com a vontade de voltar para Nova York em um futuro próximo. Nem tinha ido embora ainda, mas já ansiava pelo retorno. A cidade definitivamente deixara sua marca em mim.

Fechando a porta de Nora, caminhei para a escrivaninha pela última vez. Sentei e girei a cadeira para encarar a tela do computador, olhando por dois segundos para a carta de demissão que eu já digitara, antes de enviá-la. Se a olhasse por tempo demais, poderia ficar tentada a pressionar DELETAR.

Felizmente, ou estranhamente, eu havia acumulado poucos pertences pessoais ao longo dos anos. Recolhi tudo e saí do escritório apertando o botão do elevador sem fazer um só ruído. A ideia de ir embora já era horrível o suficiente; não queria fazer daquilo um espetáculo. Planejei mandar um e-mail de despedida para o escritório assim que estivesse instalada na Califórnia.

Eu sei, eu sei, era uma atitude covarde, mas a relidade era que colegas de trabalho não deixam as pessoas partirem facilmente. Têm o hábito de fazer festas e outros eventos que nunca terminam. Era legal, mas eu não tinha tempo para aquilo. Precisava empacotar tudo e ir para Los Angeles o mais rápido possível. Jack e eu precisávamos de uma nova casa e eu encontraria uma. Porque era isso que as mulheres de jogadores profissionais de beisebol faziam.

Enquanto subia a rua em direção à estação de metrô, pensei que deveria estar mais emotiva. Eu me preparara para lágrimas e dor que nunca vieram. Lutara com tanta força com Jack para ter minha própria carreira, e havia tomado uma posição forte em se tratando do que eu sonhava e desejava. Mas, naquele momento, tudo o que eu realmente queria era estar em casa com ele. Sabia que fazia pouco tempo que estivéramos juntos, mas mesmo assim.

A paixão era uma coisa caprichosa. Podia fazer você pensar que morreria por uma coisa em um momento e, em seguida, ser forçado a perceber que poderia viver sem ela. Um ano e meio antes, eu teria jurado que não poderia sobreviver um momento se não tivesse o escritório. Sem a fotografia, eu suporia que minha alma murcharia e simplesmente morreria, sem deixar nada além de uma vaga lembrança do que fora.

Mas a vida tem um modo próprio de mudar suas prioridades. Ou talvez fosse eu quem tinha mudado, porque nunca me sentira tão cheia de energia. E era tudo por causa de Jack.

Naquele momento, enquanto entrava na estação de metrô às escuras, cercada por desconhecidos e músicos solitários, percebi que meu lar era onde Jack estivesse. E ele não estava mais em Nova York, de modo que eu não pertencia mais à cidade. Era uma verdade simples, no entanto, muito profunda. Eu fora feita para ficar com ele, como as conchas na praia. Jack era a concha, em constante mudança e movimento, sendo lançado de lugar a lugar pelo fluxo e refluxo da maré de alguma coisa mais poderosa que ele. E eu era a areia, prendendo-me e agarrando-me a ele, aliviando seus tombos com cada avanço e retração da maré, sempre fiel.

Quando entrei no vagão do metrô, eu tinha um sorriso grudado no rosto. Aquele entendimento... aquele despertar... encheu-me de mais alegria do que eu julgara possível um dia. A melhor parte era a aguda consciência que me fora dada. Era como uma dádiva. Meu coração queria explodir com a pura felicidade que sentia naquele momento.

Antes disso, nunca pensara francamente que seguir a carreira de Jack seria um dia a coisa certa para mim. Eu havia deduzido que sempre lutaria para manter a posse de algo em mim totalmente separado dele. Mas o fato era que Jack era uma parte de mim, e escolher manter nossa família unida era minha prioridade.

Eu não era só a mulher de um jogador profissional de beisebol: era a mulher de Jack Fodão Carter. E queria cuidar dele, como ele queria cuidar de mim. Não havia dúvida de que Jack faria por mim qualquer coisa que eu pedisse. Mas eu não precisava pedir nada. Não mais.

Meus medos quanto ao nosso relacionamento haviam desaparecido há muito tempo. O que eu tentara provar a ele e a mim mesma, estava provado. Ficar perto dele e apoiá-lo não significava desistir dos meus sonhos. Em algum ponto do caminho, Jack e o beisebol haviam se tornado parte do meus sonhos também. Ficar com ele me preenchia.

A simples verdade era que me doía muito mais estar distante de Jack do que deixar meu emprego. Ninguém poderia ficar mais surpresa com essa revelação do que eu.

Cerca de uma hora depois que cheguei em casa, o porteiro ligou para informar que as caixas que eu pedira já estavam lá. E, felizmente, ele as deixou dentro do apartamento para mim, colocando-as em uma pilha mais alta que a mesa da cozinha.

— Precisa de fita adesiva, senhora Carter?

Olhei ao redor e dei uma batidinha na cabeça. — Sim. Você pode me emprestar?

Ele sorriu, juntando as sobrancelhas espessas como uma lagarta gigante. — Claro. Já levo.

— Obrigada, Thomas! — gritei.

Jack estava certo. Fazer aquilo seria muito difícil. Olhei ao redor para todas as coisas que tínhamos adquirido ao longo dos anos e percebi que não poderia arrumar as caixas sozinha, em um espaço de tempo tão curto.

Como as outras mulheres de jogadores faziam? E quando tinham filhos? Será que elas contratavam ajuda? Uma ideia foi se formando, então, liguei para Trina.

Thomas apareceu, deixou dois rolos de fita sobre a mesa e fez um sinal antes de se retirar. Fiz um "obrigada" com a boca enquanto Trina respondia.

— Não posso acreditar que você vai-me deixar — ela disse, sem preâmbulos, seu sotaque me assustando.

Suspirei. — Eu sei. Estou tentando não pensar nisso — Deixar Trina e Matteo seria difícil. Talvez eu pudesse convencê-los a se mudar conosco. Afinal, poderíamos ter um motorista em Los Angeles. Mas, por mais maravilhosa que a ideia fosse para mim, eu a descartei.

— Então, qual é o problema? Sei que você não está ligando só para conversar com uma gordinha.

— Trina, você está grávida de sete meses! Não está rechonchuda! De costas nem se percebe a gravidez. É por isso, aliás, que as mulheres te odeiam.

— Elas me odeiam? — Trina perguntou, horrorizada com aquilo.

— Quer dizer, se elas odiassem você, esse seria um bom motivo — eu disse, com uma risada.

— Mas e aí, do que você precisa?

— Quando eu me mudar, posso ligar para você a qualquer momento só para te ouvir? Você ficar lendo a lista telefônica, não me importo. Vou sentir muito a sua falta.

O sotaque britânico de Trina era maravilhoso. Eu a adoraria só por causa dele. Além disso, ela usava palavras adoráveis. Tudo era "brilhante" ou "encantador"; quando estava realmente triste ou perturbada, ela estava "desencorajada"; e eu ainda precisava descobrir o que ela queria dizer com "atônita". Eu achava que significava "chocada", mas nunca confirmara.

— Só até que o bebê nasça, então vou bater o telefone na sua cara se você me acordar — ela disse, com uma risadinha.

— Combinado. Então, o motivo real pelo qual estou ligando é que não vou conseguir empacotar tudo sozinha. Estou literalmente pirando aqui. Como as pessoas fazem? Me ajude!

— Você deve estar brincando. Não me diga que está sentada em casa, cercada por um monte de caixas vazias, pensando por onde começar.

Virando a cabeça devagar, examinei nosso apartamento lindamente decorado, olhando para ele com um novo olhar crítico. De repente, tudo o que eu cuidadosamente adquirira e colocara nele com tanto amor parecia ser a ruína da minha existência. — Na verdade, estou olhando fixo para uma pilha de caixas que nem estão montadas.

Ela fez tsc-tsc antes de acrescentar: — Você vai levar meses para fazer isso sozinha. Tem que contratar uma empresa de mudança. Eles vão encaixotar suas coisas e depois atravessar o país com elas. É só você dizer onde eles devem entregar.

A ideia me animou. — Eles vão encaixotar tudo? Que mara!

— Que mara? Vou me lembrar dessa — ela zombou. — Mas vão encaixotar, sim. É só ligar para a administração do time e perguntar se recomendam alguma empresa. Eles deveriam ajudar você, mas sei que às vezes não ajudam. Se tiver algum problema, peça para seu contato em Anaheim ajudar. Um dos times precisa aliviar a pobre mulher que ficou com todo este serviço de merda.

Fiz que sim, embora ela não pudesse me ver. — Eu sei. É uma loucura toda essa história de ele nem passar em casa. Ele foi embora sem mala e agora tenho que atravessar o país com a nossa casa sozinha porque ele ainda tem mais oito semanas de jogo.

— Era uma das coisas que me cansavam com Kyle. No meu emprego, eu sabia que tinha que viajar o tempo todo, mas não precisava aceitar qualquer coisa que surgisse. Mas esses caras... — ela fez uma pausa, parecendo chateada. — Eles não têm uma folga. Kyle me contava que os caras que tinham filhos ficavam bem tristes.

— Ah, é? Conta mais.

— Ah, eles se achavam pais ausentes, sempre perdiam tudo. Você sabe, aniversários e feriados, essas coisas que são superimportantes para as crianças.

— É brutal. Você tem que amar muito o esporte.

Meus olhos pousaram na jarra cheia de moedinhas em uma prateleira. Fiquei olhando fixamente para ela enquanto ouvia vagamente a voz de Trina, ligeiramente distraída.

— E você tem que amar realmente o cara para aguentar isso — ela disse.

— Ou ser meio louca. Talvez a segunda hipótese seja mais frequente.

— Provavelmente. — Ela bocejou, o que me forçou a bocejar em resposta. — Estou exausta. Este último trimestre está acabando comigo. Fico cansada o tempo todo.

— Vamos desligar. Obrigada pelo conselho. Vou ver o que posso fazer amanhã. Estou cansada também. A culpa é sua.

— Solidariedade?

— Sim! Fiquei cansada por você e pelo bebê — zombei.

— Eu amo você — ela disse, depois bocejou outra vez.

— Também amo você. Boa noite.

Assim que você não pertence mais a uma organização, deixa de ser responsabilidade, ou problema, dela. O Mets não me ofereceu nenhuma ajuda ou sugestão. Quando finalmente desliguei, queria chorar. O fato de eu ter deixado uma mensagem naquela manhã, depois ter ficado esperando por uma resposta sem sucesso até à noite, provavelmente, tinha muito a ver com aquilo.

Eu estava tão emotiva ultimamente que tudo me deixava impaciente. Punha a culpa daquilo no fato de Jack estar ausente o tempo todo. Mas, quando um comercial me fez irromper em lágrimas, fiquei convencida de que estava louca.

Meu celular soou e o sorriso de covinhas de Jack apareceu em minha tela. — Olá — gemi, enxugando o nariz com as costas da mão.

— Cassie? Você está chorando? Por quê?— Senti-me imediatamente protegida por aquele tom caloroso.

— Não é nada, querido. É só um comercial idiota em que um cara volta da guerra e vê a família que não o esperava e... — Parei de contar a história, as lágrimas correndo com toda a força outra vez.

— Você está chorando por causa de um comercial? Ouvi direito?

Funguei. — Cale a boca, Jack. Estou chorando porque estou emotiva. Você não está aqui e sinto sua falta. Nosso apartamento é enorme, temos um monte de porcarias, ninguém está me ajudando e tudo o que eu quero é estar com você. Mas, nesse ritmo, vou ficar aqui até a próxima temporada.

— Ahhh, gatinha. — Ele começou a rir e eu jurei que o mataria se não parasse. — Você quer que eu mande alguém para empacotar nossas porcarias? Posso ir a Seattle imediatamente e resolver isso. É só dizer. Você não precisa fazer tudo sozinha. Eu já falei.

— Isso é tão gostoso — murmurei, em meio aos gemidos.

— O quê?

— O jeito como você me protege e toma conta de mim. Eu aaaaamo você — eu disse, minha declaração se arrastando por causa do choro. Não conseguia parar.

— Também amo você — ele disse. — Pare de encaixotar ou de não encaixotar. O que quer que você esteja fazendo, pare mesmo. Vamos dar um jeito nisso depois. Agora vamos comprar uma passagem para minha gatinha vir para cá.

Engoli um suspiro trêmulo. — Certo. Parece bom.

— Não temos que nos mudar imediatamente, você sabe. Podemos manter o apartamento em Nova York. Só não usaríamos tanto como gostaríamos. Mas, se você quiser, podemos manter.

— Eu quero — disse. — Mas também não quero. Não é realista e é um desperdício de dinheiro.

— A decisão é sua. Eu a apoiarei de qualquer maneira. Só quero que você fique feliz.

— Estou feliz — gritei.

— Estou vendo — ele disse, a voz saindo cômica, enquanto tentava não rir. — Bom, tem uma passagem para você vir amanhã cedinho. É cedo mesmo, então, é melhor você ir para a cama. Estou mandando um e-mail para você e para Matteo com o itinerário agora.

— Como você já fez isso? Ainda estamos no telefone.

— Sou Harry Potter, lembra? Um bruxo fodão! — Eu ri e ele gargalhou no meu ouvido. — Essa é a minha garota. Vejo você amanhã. Agora vá dormir um pouco.

— Obrigada. Estou com saudades — confessei de todo o coração, desejando que ele pudesse sentir a força delas. Meu amor por Jack parecia preencher meu corpo até explodir aquilo que me mantinha inteira. Eu estava dominada pela emoção em todos os níveis.

— Tenho saudades também. Odeio ficar longe de você. Sempre odiei, mas isso é diferente. Você não está em casa quando chego. Fico louco.

— Eu também.

— Pare de chorar, por favor. Assim você me mata.

— Não sei o que há de errado comigo.

— Você finalmente pirou. Sempre soube que era meio louca. Quer dizer, se aceitou casar comigo...

Enxuguei meus olhos e não pude conter o sorriso que se formou em meu rosto. — Estou na cama. Vejo você amanhã.

— Boa garota. Mal posso esperar.

Meu avião aterrissou em Seattle um pouco antes das oito, na manhã seguinte. Desembarquei e fui andando pela passarela pavimentada antes de entrar em um edifício anexo. Dei uma olhada para as nuvens que pairavam no céu. Elas ameaçavam me afogar com as gotas de chuva que transportavam. O ar carregava um friozinho delicado do qual Nova York carecia naquela época do ano. No verão, o ar da Costa Leste era quente e viscoso até chovendo. Não era assim no Pacífico. Era uma grande mudança para mim.

Entrei no pequeno edifício, desci pela escada rolante e esperei pacientemente pelo trem que me levaria para o setor de retirada de bagagens. Em segundos, as portas duplas se abriram e eu entrei. Meu estômago deu um piparote quando fiquei nervosa com a ideia de ver meu marido. Eu sentia tanto a falta dele...

Seguindo as placas que levavam às bagagens, percebi que estava caminhando em círculos. Em algum ponto do trajeto, não entendera as indicações das setas corretamente. Passei pelo banheiro mais uma vez, concluí que não aguentava mais e entrei. Meu estômago doía e eu lutava contra a vontade de vomitar.

Deve ter sido o voo.

Joguei um pouco de água fria no rosto antes de secar com uma toalha de papel. Entrando no tráfego de pedestres, resolvi seguir os outros viajantes, convencida de que eles me conduziriam para meu destino, como de fato fizeram.

Quando estava no meio da escada rolante, vi meu marido parado com um sorriso de covinhas no rosto, segurando um cartaz que dizia:

GATINHA PERDIDA

DEVOLVA AO PROPRIETÁRIO

RECOMPENSA GARANTIDA

(CINQUENTA CENTAVOS)

Cobri meu rosto com as mãos e irrompi em lágrimas. Minha mente voltou para a primeira vez em que Jack foi me buscar em um aeroporto, naquele dia ele segurava um cartaz que dizia:

ALGUÉM VIU UMA GATINHA?

Desci correndo a escada rolante e fui direto para seus braços. Seu corpo estava quente e reconfortante quando ele me abraçou com força.

— Por que você está chorando? — Ele beijou minha cabeça e mexeu no meu cabelo.

— Foi o cartaz, Jack. O cartaz — balbuciei. — Estava morrendo de saudades.

Puta merda, preciso parar de chorar o tempo todo. Alguma coisa está errada comigo. Eu me sinto tão fora de controle e desequilibrada...

O polegar de Jack passou por meu rosto e enxugou minhas lágrimas. Ele se inclinou, colando seus lábios aos meus, e meu corpo se derreteu no dele. — Estava com saudades também. Vamos pegar sua mala e sair daqui.

Fiz que sim quando ele entrelaçou seus dedos nos meus. — Como está sua mão?

— Ótima. — Ele flexionou e esticou a mão esquerda antes de estendê-la para pegar minha mala.— É esta? — ele perguntou.

— Isso.

Não sei por que tinha despachado, se era pequena o bastante para ser levada a bordo. Hábito, talvez. Toda vez que viajava a trabalho, despachava o equipamento e as malas.

— Estou ficando mais forte — Jack disse, com as sobrancelhas erguidas.

Lancei um sorriso para ele e apertei sua mão. — Eu sabia que você ficaria.

— E estou ganhando velocidade. — Ele sorriu de orelha a orelha, e meu corpo se aqueceu de orgulho.

— Jack, isso é fantástico. Estou tão orgulhosa de você!

— Obrigado, gatinha. — Seu rosto ficou radiante de prazer, os anéis castanho-claros próximos às pupilas quase reluzindo.

Quando chegamos ao hotel, meu estômago me traiu. Eu mal conseguia ficar em pé, de tanto que doía. Não podia acreditar que aquilo estava acontecendo. Não via Jack há quase duas semanas e agora que estávamos juntos ficaria doente?

— Desculpe, Jack. Não sei o que há de errado comigo. — Olhei para ele com uma expressão triste enquanto esperávamos pelo elevador.

— Não peça desculpas, só melhore. Você comeu?

Balancei a cabeça, a própria ideia de comida me fazendo querer vomitar. — Não. Nada.

— Vou pedir alguma coisa — ele disse.

— Não! Não quero nada! — Lutei para manter o nada que eu havia comido dentro do corpo quando o elevador deu um solavanco e parou. Pus o braço na barriga e tentei caminhar.

— Eu ajudo — Jack disse, antes de me recolher em seus braços e me carregar. A última vez que ele me carregara assim fora quando me roubaram na faculdade e um cara roubou minha câmera e bateu em mim. Quando Jack me encontrou, pegou-me no colo e caminhou comigo até minha casa sem diminuir o ritmo ou parar para recuperar o fôlego. Foi a coisa mais romântica do mundo.

Era a mesma coisa agora. Encostei meu corpo no dele, ouvindo seu coração batendo contra o peito musculoso. Pareceu que tínhamos caminhado por horas até que chegássemos à porta do quarto.

— Tenho que colocar você no chão — ele avisou. — Pode ficar em pé?

— Sim — respondi, dobrando o corpo de dor.

Jack passou o cartão, a luz ficou verde e a fechadura fez um clique. Ele abriu a porta e segurou com o pé para que eu entrasse. Caí na cama, puxando os joelhos para perto do peito.

— Gatinha, o que foi? — ele perguntou, ao se sentar perto de mim. Ajeitou os travesseiros atrás de mim antes de puxar minha cabeça para suas pernas. Passou os dedos no meu cabelo e pude sentir a intensidade de seu olhar.

— Sinceramente, não sei. De repente, não me sinto bem.

— Tenho que ir em algumas horas, mas não quero deixar você desse jeito.

— Tenho certeza de que vou ficar bem depois de dormir. Não se preocupe comigo.

Ele soltou uma longa bufada. — Não me preocupar com você? Isso nunca vai acontecer, gatinha.

— Só quis dizer que vou ficar bem. Provavelmente, só preciso de sono e comida. — Hesitei. — Em algum momento.

Jack afagou meu cabelo, depois levantou para caminhar até as janelas e fechou as cortinas.

Um momento depois, beijou meu rosto.

Meus olhos se abriram no quarto às escuras e quando virei a cabeça para olhar para o despertador, meu pescoço se enrijeceu, eu tinha dormido toda torta. Quanto tempo fazia que eu estava ali?

— Jack?

Movi o braço e o som de papel atraiu minha atenção para um bilhete sobre a colcha. Era de Jack.

Não quis acordar você. Espero que esteja melhor. Seus ingressos estão reservados, mas, por favor, não venha se não estiver se sentindo bem. É sério, gatinha. Se não está bem, fique! Estarei de volta antes que você note.

Determinada a ir ao jogo, eu me pus em pé com esforço. Minha cabeça girou e apoiei a mão na parede para recuperar o equilíbrio. Precisava de água e sabia que deveria ter no frigobar.

Abri uma garrafa e tomei um gole antes de correr de volta para o banheiro. A água voltou em ondas que se elevaram como que em vingança. Certo, eu estava mal. Não poderia ir ao jogo; não conseguiria suportar nem um turno.

Estendendo a mão para o celular, mandei uma mensagem para Jack, avisando que não iria. Ele só leria depois, mas ao menos saberia que não precisava me procurar e poderia voltar direto para o hotel. Eu esperava que já estivesse melhor quando ele chegasse.

Pus o telefone na cama, mas ele tocou imediatamente. O toque de Melissa preencheu o quarto e eu atendi.

— Oi — gemi.

— Puta merda, parece que você morreu. Onde está?— Seu tom alegre era quase demais para eu suportar em meu estado.

— Estou em Seattle com Jack. E você?

— Ui — ela gaguejou. — Estou em casa. Onde mais estaria?

Peguei um travesseiro e o coloquei na barriga. Aquilo ajudava de alguma forma. — Não sei. Quais as novidades?

— O que foi? Você está doente?

— Acho que sim. Meu estômago está me matando e vomitei um pouquinho antes de você ligar.

— Está grávida? — ela perguntou, brincando, mas aquilo me fez segurar a respiração.

Quando fora a última vez que eu menstruara? Fazia um mês? Eu não conseguia lembrar.

— Cass? — A voz de Melissa soou em meu ouvido.

— Desculpe, estou aqui. Merda, Meli, você pode ter razão.

— Eu estava de brincadeira total.

Intrigada, eu me inclinei contra a cabeceira da cama. — Eu sei, mas tenho andado muito cansada ultimamente. E emotiva. Choro por tudo — expliquei.

— Tudo? — ela zombou.

— Tudo! — eu disse, categoricamente. — Uma propaganda acabou comigo outro dia. Tive que ir dormir para parar de pensar nela.

Melissa riu histericamente do outro lado e eu quis entrar no celular e dar um soco na cara dela. — Puta merda. Você com certeza está grávida.

— Meli, tenho que ir. Ligo depois. — Desliguei antes que ela pudesse responder e me forcei a sair da cama.

Precisava encontrar uma farmácia e comprar um teste de gravidez. A menos que o hotel vendesse, o que eu duvidava. E a última coisa que eu queria era topar com uma mulher ou namorada de jogador enquanto estivesse comprando.

Como uma idiota, conversei com meu estômago, pedindo que assentasse o suficiente para que eu encontrasse uma farmácia. Depois prometi a ele que, caso se comportasse até eu voltar para o quarto, poderia me causar náuseas a noite toda. Realmente precisava encontrar uma farmácia, comprar um teste e não vomitar nesse meio-tempo.

A sorte estava do meu lado, porque havia uma farmácia do outro lado da rua. Eu nunca tinha comprado um teste, então fiquei surpresa ao encontrar uma passagem inteira de prateleiras deles. Concluí ali, na hora, que havia opções demais. Havia testes com sinais de mais, rosa ou azul, uma linha ou duas, sim ou não, para antes da data da primeira menstruação ou depois e muito mais. Minha cabeça girava e eu não tinha ideia de qual seria o melhor. Então comprei quatro.

Corri de volta para o hotel, com aquela quantidade ridícula de testes de gravidez enfiada na sacola. Entrei no quarto e peguei a primeira caixa. Li as orientações duas vezes antes de tentar segui-las. Em vez de fazer xixi no bastão, fiz xixi nos meus dedos. Eu me perguntei que tipo de mulher conseguia controlar a direção do xixi como as instruções pareciam esperar.

Depois de lavar as mãos, corri para a área da sala e encontrei a garrafa de água. Tomei tudo de um gole só para me dar munição antes de voltar ao banheiro.

— Vamos tentar outra vez — eu disse em voz alta, encorajando a mim mesma.

Milagrosamente, fiz xixi na parte apropriada do bastão, em vez de nas minhas mãos, pus o teste na pia e fui olhar os outros. Todos informavam que não eram cem por cento precisos e que eu deveria fazer mais de um antes de ir ao médico.

Fiquei olhando para o celular que eu estava segurando, fixamente, desejando que os minutos passassem mais rápido. Incapaz de esperar mais, voltei para o banheiro e dei uma olhadela no teste. O primeiro mostrador escureceu e apareceram uma linha forte e uma linha mais fraca. Uma linha significava que você não estava grávida, e duas, que você estava. Mas não dizia nada sobre uma linha fraca. O que significava aquilo?

Li as instruções e me concentrei no item Perguntas Mais Frequentes. Estava escrito que o aparecimento de uma segunda linha significava que você estava grávida, não importando quão clara ou escura fosse.

Grávida.

Sem confiar no teste, fiz mais dois. Os três deram o mesmo resultado: GRÁVIDA.

Eu mal podia esperar para contar a Jack. Ele queria que eu engravidasse desde que me pedira em casamento. Lutei contra a ânsia de ligar outra vez para Melissa, morrendo de vontade de dividir a novidade com minha melhor amiga. Mas Jack merecia ser a primeira pessoa a saber.

Ri alto quando percebi por que andava tão esquisita. Havia um motivo para meus festivais de soluços. Eu não estava ficando louca. Só estava grávida.

Tinha um bebê.

Na minha barriga.

Puta merda.

E se eu for uma mãe desleixada? Não deveria saber de quantos meses estou?

Escondi os testes no armário e caí no sono enquanto esperava pela volta de Jack. Quando a porta se abriu com um estrondo, pulei, o som quase me matando de susto.

— Desculpe, gatinha! Minhas mãos estão carregadas, foi por isso que chutei a merda da porta. — Os braços de Jack estavam cheios de sacolas que pareciam de supermercado.

— O que é isso tudo?

— Trouxe água tônica para você, além de um monte de outras coisas caso não se sinta bem. Você está melhor?

— Muito. Como foi o jogo?

Ele sorriu. — Ganhamos.

— Você arremessou?

— Só vou jogar amanhã, você sabe disso. — Ele apertou os olhos, encarando-me atentamente antes de dizer: — Você está meio esquisita.

Jack não podia saber tudo. Eu não estava esquisita; estava normal.

Forçando uma expressão inocente no rosto, perguntei: — Como assim?

— Você tem uma expressão diferente no rosto. E seus olhos...

— O que têm eles?

Jack passou o dedão pelo meu rosto. — Estão escondendo alguma coisa, mas querendo contar — ele disse, erguendo as sobrancelhas.

É isso. Ele é um bruxo. Eu sabia.

Quase explodindo de empolgação, eu não podia mais fingir. — Não sei como você sabia disso, mas tenho mesmo uma coisa para dizer. Tem a ver com o motivo de eu não estar me sentindo bem. — Eu o empurrei em direção ao armário. — Está ali.

— Tem um cara no armário? — ele recuou, as mãos se fechando em punhos. — É melhor não ter.

— O quê? Não. Só escondi uma coisa aí. — Abri a porta e peguei um dos testes. Desdobrando a toalha que o envolvia, presenteei Jack como se fosse uma coroa de pedrarias exposta sobre uma almofada.

Jack deu uma olhada no teste, franzindo a testa. — O que é is...? — Ele parou no meio da frase, arregalando os olhos. — Isso é...? Você está...? — Jack olhou para mim, com o rosto cheio de espanto, e eu fiz que sim.

Ele caiu de joelhos e colou a cabeça na minha barriga. Envolveu-me com seus braços e segurou-se em mim sem dizer uma só palavra. Eu podia sentir seu hálito quente através do tecido da blusa. Não tinha certeza de quanto tempo ficáramos assim, mas pareceram horas. Quando ele finalmente afastou a cabeça de mim, lágrimas caiam de seu rosto.

— Vamos ter um filho? — Ele cobriu minha barriga com as duas mãos.

— Três testes disseram que sim, então, é o que parece. — Sorri para ele quando sentou no chão.

Ele estendeu as mãos para mim e, quando apoiei as minhas nas dele, puxou-me, pondo-me diante dele. — Vamos ter um filho.

— Está feliz?

— Está brincando, gatinha? Quero ter um filho com você desde o dia em que te conheci!

— Mentiroso! — Ri alto.

— Certo, talvez não desde o dia em que te conheci. Só um pouquinho depois. — Ele estendeu a mão para pegar meu rosto com as duas mãos. — Não posso acreditar que tem um bebê na sua barriga nesse momento. Ele está bem aí, arrepiadinho de frio.

Revirei os olhos. — Só você pra já chamar a coisinha de *ele*. E dizer que está *com frio*.

— Eu amo você. — Jack se precipitou sobre mim, seus lábios beijando freneticamente meu rosto. — Muito. Obrigado. Obrigado por me amar. Obrigado por casar comigo. Obrigado por formar uma família comigo. E obrigado por ter o filho do nosso amor na sua barriga.

— Filho do nosso amor? — Dei uma risadinha abafada — Jack Carter, você sempre me maravilha.

— Você é que é maravilhosa. Eu amo você loucamente. Mais do que tudo neste mundo. — Ele abaixou a cabeça e deu um beijo na minha barriga. — Prometo que vou ser um bom pai.

Peguei sua mão e a afaguei. — Sei que você vai ser.

Ele ergueu os olhos e deu um sorrinho malicioso. — Não estava falando com você.

Sorrindo, dei um tapa em seu ombro e disse: — Bem, então, o bebê sabe.

— Pare de chamar nosso filho de bebê!

— Pare de chamar o bebê de ele! E se for uma menina? — Meus olhos se arregalaram diante da ideia. — Puta merda, Jack. E se for uma menina?

Ele jogou a cabeça para trás, rindo. — Então vou matar qualquer cara que se aproxime dela até que saia de casa. — Ele tomou fôlego antes de prosseguir. — O que nunca vai acontecer.

— Ha-ha — eu disse, sabendo muito bem que se tivéssemos uma menina, Jack provavelmente surtaria mesmo com isso. Ele pegou minha mão e colou os lábios nela.

— E se realmente tivermos uma filha, gatinha, espero que ela se pareça com a mãe.

Meus olhos se encheram de lágrimas. — Hormônios da gravidez. Vou passar nove meses chorando.

— Então vou passar nove meses enxugando suas lágrimas.

Suspirei, pensando em como tinha sorte. Sabia que tínhamos ido ao inferno e voltado, mas todos aqueles momentos pareciam tão arraigados no passado... Íamos ter um filho e eu não conseguia pensar em nada tão espantoso e maravilhoso.

— Gatinha? — Jack enterrou as mãos no cabelo. — Você acha que vou ser um bom pai?

Pus minha mão em seu rosto. — Eu sei que vai.

— Sem dúvida nenhuma?

— Nenhuma. — eu disse, delicadamente, ansiando com todo o meu coração aliviar sua mente preocupada.

— Como pode ter tanta certeza?

— Jack, vivo cercada diariamente pelo seu amor. É profundo, passional, intenso. Mas é sincero e verdadeiro. Sei que você vai amar nosso filho do mesmo modo. Não importa de qual sexo seja.

— Falou bem, nosso filho! — ele proclamou, esfregando minha barriga como se fosse a de um Buda. — Tem um Carterzinho aí. E vou fazer de tudo para manter vocês dois em segurança, protegidos, cuidados. É o meu trabalho.

— Viu? Bem aí. O que você acabou de dizer. É por isso que eu sei. — Coloquei minha mão sobre a dele e a apertei levemente.

Jack procurou minha mão e me puxou consigo enquanto levantava. Ele me envolveu com seus braços e me apertou com tanta força que pude literalmente sentir o amor irradiando dele. Com um aperto firme de mão, puxou-me em direção à cama e sentou-se antes de abrir espaço para mim entre suas pernas. Eu me sentei diante dele e me acomodei, sentindo os músculos de seu peito pressionarem minhas costas quando falou:

— Para quando você está planejando a mudança, gatinha? Não quero você do outro lado do país. Vou ficar louco sabendo que você está sozinha. Preciso de você comigo. — Ele deu beijos delicados em meu pescoço e meus ombros.

— Eu sei. Vou contratar uma empresa de mudança assim que voltar.

— E quanto ao emprego? Nora sabe que você vai sair?

Virei meu corpo para olhar para Jack. — Merda! Esqueci de falar. Nora disse que posso trabalhar para ela como freelancer. Já fiz a carta de demissão e tudo o mais.

— Então, o que isso significa? Você ainda vai fazer as fotos com Matteo e Trina depois que o bebê nascer?

— Sim, vou ter que pegar um avião para Nova York. Quando surgir um trabalho para mim no qual esteja interessada, é só aceitar a oferta. Não tenho que aceitar nada, mas posso aceitar tudo. — Dei de ombros. — Agora que estou grávida, não tenho mais certeza do que quero fazer.

— O que você quer dizer, gatinha? Quer ficar em casa com nosso filho?

— Pare, Jack! — Dei uma risadinha e revirei os olhos, mesmo que ele não pudesse ver, depois girei o corpo para encará-lo. — Acho que sim. Quer dizer, sim, quero ficar em casa. Além do mais, quero ficar perto de você e vamos viajar juntos tanto quanto possível.

Olhando no fundo de seus olhos, querendo garantir que ele visse a sinceridade nos meus, eu disse: — Tive uma revelação no metrô indo para casa outro dia. Você é meu lar. Não quero estar onde você não está. E sei que esses sentimentos só vão aumentar assim que o bebê nascer. Quero manter nossa família unida o máximo de tempo possível. Então, se minha carreira ficar em segundo lugar por enquanto, tudo bem.

Jack levantou uma mão para o alto para me interromper. — Você tem certeza? Não quer trabalhar? Sei o quanto você ama fotografia e não quero que se ressinta ou me odeie lá na frente. Estou nessa para sempre, gatinha. Não quero me separar, então não posso ter você me odiando o resto da vida.

— Eu quero fazer isso. É minha escolha. Quero que minha família venha em primeiro lugar, e você — sufoquei um soluço — é minha família. Não estou dizendo que nunca mais vou trabalhar, só não quero agora. Essa é minha nova prioridade.

Jack suspirou. — Meu Deus, gatinha, quero brigar com você por isso. Quero dizer que está agindo errado e sendo boba e que nunca deveria abandonar o trabalho, porque você ama aquilo, mas estou ocupado me sentindo muito feliz com tudo o que você acabou de dizer! Não porque você esteja desistindo de algo que ama, mas porque não há ninguém sobre a face da terra que possa criar nosso filho melhor do que você. E se isso significa que eu tenho que passar mais tempo em casa, ou na estrada, ou seja lá onde for, fico empolgado.

Ele pegou meu rosto, olhou no fundo dos meus olhos, e disse: — Cada momento com você não basta. Sempre quero mais. Sempre vou querer.

Ouvindo isso, rompi em lágrimas novamente.

Malditos hormônios.

Mudando para casa

CASSIE

Um mês depois...

Na semana seguinte, contratei uma empresa para fazer a mudança. Dizer adeus não só para a vista, mas para a cidade e nossos amigos, foi extremamente difícil. Sabia que manteríamos contato, mas a realidade era que não seria a mesma coisa, já que não nos veríamos sempre que quiséssemos.

Além do mais, eu me apaixonara por Nova York. Deixá-la foi mais difícil do que eu esperava. Lamentei a perda do meu segundo lar, uma cidade que era o oposto daquela de onde eu viera, mas que preenchia meu coração do mesmo modo. Derramei lágrimas, e não porque estava grávida.

Bem, talvez um pouco.

Os transportadores levaram todos os nossos pertences a um depósito perto da casa de vovó e vovô, onde fizemos turnos empilhando caixas no espaço alugado. Jack deu ordens estritas para que eu não movesse ou carregasse muita coisa, então passei a maior parte dos dias observando os outros fazerem todo o trabalho. Senti-me uma inútil.

Como Jack estava em seu velho quarto na casa de vovó, eu me juntei a ele até que encontrasse uma casa. Era difícil procurar por um lugar enquanto viajava com ele e ia aos jogos em casa.

Tive que decorar novos rostos, conhecer novas mulheres e namoradas, lembrar como era dirigir no tráfego de Los Angeles novamente, tudo enquanto combatia o enjoo matinal, que geralmente se transformava em enjoo vespertino e era seguido pelo enjoo noturno. Fora isso, tudo estava ótimo. Quando disse a Jack que não poderia ir a um jogo fora porque precisava encontrar uma casa, ele concordou de má vontade, dizendo que entendia, mas não gostava. E que então eu teria realmente que encontrar uma casa.

Por mais que amássemos vovó e vovô, precisávamos desesperadamente do nosso próprio espaço. E eu queria achar uma casa antes que a temporada de beisebol chegasse ao fim. Tínhamos um tempo tão limitado antes da próxima temporada começar que eu ansiava para estar acomodada o mais rápido possível. Além do mais, com o bebê chegando, isso era uma necessidade.

O que eu poderia dizer? Sempre tinha planejado tudo.

Jack odiava que eu não ficasse perto dele enquanto estava grávida. Ordenara que meus desejos fossem sempre cumpridos no nosso quarto de hotel, quisesse eu travesseiros extras, biscoitos ou um frigobar cheio de água tônica.

Eu amava o modo como ele me paparicava e me protegia. Eu me sentia segura com ele; sempre me sentira. Meus pensamentos voltavam para a noite do roubo, quando ainda estava na faculdade. Eu me lembrava de como ficara assustada, meu corpo em choque, confusão e tristeza por tudo o que tinha acontecido. A sensação que ficou gravada com mais força em mim foi a do momento em que vi Jack. Quando ele me puxou para seus braços,eu soube que tudo ficaria bem porque ele estava ali. Relaxei instantaneamente, permitindo que ele fizesse o que fazia de melhor: protegesse o que era seu.

Eu amava viajar com ele, mas estava exausta. Ter pedido para ficar valeu a pena. Muito! Porque... eu achei uma casa.

Ah, que casa!

Amei.

Já me sentia uma felizarda por saber que toda a família estaria reunida quando o bebê nascesse, mas a casa que compramos era maravilhosa. A única coisa de que tínhamos sentido falta quando morávamos em Nova York eram as praias do extremo sul da Califórnia. Havia muitas em Nova York, mas não eram a mesma coisa.

Sair com os amigos, surfar e fazer fogueiras tinha sido parte da minha infância. Sem mencionar o fato de que o Oceano Pacífico era uma das minhas obsessões fotográficas. Procurando por um lugar perto do estádio, da família e com boas escolas, a área da praia de Newport pareceu a melhor opção. Eu teria uma inspiração fotográfica diária para manter minha alma satisfeita.

O preço me deteve, inicialmente. Juntara um bom dinheiro trabalhando na revista e o contrato de beisebol de Jack tinha dado a ele mais do que muitas pessoas ganhariam a vida inteira, mas eu era muito controlada financeiramente. Gastar milhões de dólares em uma casa despertou receios sempre vivos em mim. Além do mais, Jack poderia ser negociado novamente, e como seria? Teríamos uma casa loucamente cara vazia?

Mas então ele me lembrou que sempre quiséramos que nossa base fosse o extremo sul da Califórnia. Mesmo que fosse negociado de novo, era lá que queríamos passar o resto de nossa vida. E estava certo. Depois de semanas de pesquisa, eu tinha encontrado a casa perfeita em um condomínio fechado, eu sabia que Jack iria adorá-la.

Tinha dois andares, quatro quartos, um escritório e um quintal maravilhoso com uma piscina e um gramado. O quarto do casal tinha uma sacada enorme. No momento em que a vi, quis imediatamente um telescópio. Pedira um ao meu pai quando criança, mas, como muitas, a promessa nunca se materializou. A casa tinha uma vista linda de morrer — podia-se ver o oceano de cada quarto. Quando eu entrei e olhei pelas janelas, fiquei deslumbrada. Já tinha sido conquistada.

Os olhos de Jack se iluminaram quando eu o levei até lá. Felizmente, os proprietários anteriores tinham modernizado o lugar e não havia nada que eu quisesse mudar. E a melhor parte era que os proprietários queriam desesperamente se livar dela, então a compramos por uma "pechincha".

No dia da mudança, fiquei observando enquanto Jack enxugava a testa, o suor escorrendo pelo corpo. Ele e Dean empilharam caixas tiradas do caminhão de mudança que tínhamos alugado em vários aposentos, enquanto eu desempacotava e arrumava as coisas. Queria que nossa casa parecesse com um lar o quanto antes.

Fiquei espantada com tudo o que fizemos. O caminhão, que estivera completamente cheio, de repente, estava quase vazio. As paredes já estavam cheias de obras de arte e fotografias emolduradas. Era como se tivéssemos sempre morado ali.

— Gatinha, você não precisa fazer isso. Posso contratar alguém — Jack gritou da garagem.

— Pare de ser maluco. Sou perfeitamente capaz de pendurar quadros e desempacotar nossas coisas.

Ele entrou na casa e me agarrou pelas costas, depois me girou. — Eu me preocupo com você — disse, antes de se inclinar para dar um beijo na minha barriga ainda pequena. — Não nos preocupamos? — ele disse com uma voz boba à minha barriga. — Nós nos preocupamos com a mamãe. Ela pode ficar sentada enquanto fazemos todo o trabalho.

Irrompi em uma risada e remexi em seu cabelo. — Você é um idiota.

Ele ergueu os olhos com um sorriso. — Sim. Mas sou o seu idiota. — Jack beijou meu estômago outra vez antes de entrar na cozinha. Ele abriu a geladeira, pegou uma cerveja e jogou para Dean. — Fique esperto! — ele gritou, e Dean se apressou a apanhá-la.

— Cretino. — Dean abriu a lata com um estouro e tomou um longo gole. Depois, quase cuspiu tudo de volta ao som da voz da minha melhor amiga.

— Ah, não posso acreditar que vocês estão de volta! Estou tão feliz... — Melissa pulou para dentro da casa e veio direto para os meus braços. Deu uma olhada para Dean e Jack, lançando um breve sorriso antes de encostar o ouvido em minha barriga. — Como está meu bebezinho? — arrulhou, depois esfregou minha barriga como se fosse dar boa sorte.

Por que todo mundo faz isso?

Jack e Dean saíram depressa pela porta de vidro para o quintal. Covardes.

Quando eles saíram, cruzei os braços e disse com franqueza: — Pelo jeito, você ainda não está conversando com Dean...

Ela inclinou a cabeça de lado. — *Ele* é que não está conversando comigo.

Franzi a testa. — Você quebrou o coração dele. O que esperava?

— Esperava que você, entre todas as pessoas, não tomasse partido.

— Como posso tomar partido? — eu disse, com uma bufada. — Você nunca nem tentou.

O rosto de Melissa se apagou quando lágrimas encheram seus olhos. — Essa foi dura.

— Não entendo você. Nem um pouco. Foi você que me disse para lutar por Jack, para não desistir dele. Você me empurrou para ele, quis que eu desse uma chance — ressaltei, depois inspirei e expirei profundamente para combater a náusea crescente. — Mais de uma vez.

— É mesmo? — ela retrucou.

— É mesmo — eu disse, ferinamente. — Você nunca segue seus próprios conselhos.

— Como é que você sabe o que eu quero?

— Posso ver em seus olhos. Você sente falta dele. E tem alguma coisa que não está me contando. Vamos lá. — Agarrei sua mão e a puxei para a garagem.

— Aonde? — Ela tentou retirar a mão e eu apenas a puxei com mais força.

— Entre no carro. — Abri a porta do passageiro e empurrei-a para dentro. — Estou cansada disso e vamos ao único lugar onde você vai ouvir a voz da razão.

— Ah, não — Melissa destravou a porta e eu a fechei novamente, tão rápida quanto ela, acionando a trava de segurança para crianças. — Você não pode me "vovoficar"! — ela berrou, batendo na janela.

— Pare de bater no meu carro! E fala sério! "Vovoficar"?

— Sim! — ela bradou. — É quando você me leva à vovó e ao vovô e eles dizem coisas perfeitas e eu saio de lá em lágrimas porque eles estavam certos o tempo todo e eu fui uma idiota.

Quis rir, mas me contive. — Vamos só ver o que eles têm a dizer. Talvez estejam do meu lado — sugeri, sabendo que estariam.

Quer dizer, esperava que eles estivessem. Era melhor que estivessem.

— Então, você está querendo dizer que eles são neutros? Há! Só acredito vendo.

Alguns minutos depois, estacionei na entrada da casa deles, esperando que não ficassem aborrecidos com a chegada não anunciada. Dando uma ligeira batida, não esperei por resposta antes de abrir a porta da frente e gritar — Vovó? Vovô?

— Cassie? É você, querida? — vovó gritou lá da cozinha.

Claro. Eles estavam sempre na cozinha.

— É a gatinha? — vovô gritou, e eu abafei uma risada.

Caminhamos pela entrada, a mão de Melissa presa firmemente à minha enquanto eu a puxava. — Sente-se — exigi, e ela obedeceu mas cruzou os braços e adotou aquela cara teimosa que eu conheço tão bem.

— Ah! Oi, Melissa — vovó sorriu. — Vocês duas estão bem? O que está acontecendo? Tudo certo com o bebê? — Ela olhou, analiticamente, para a minha barriga, e eu fiz que sim.

— Está tudo bem, vovó. Eu só precisava trazer Melissa aqui.

Ela franziu a testa, mas eu tinha certeza de que ela sabia do que eu estava falando. — Por quê, querida?

— Por algum motivo ela não quer namorar Dean. E eu sei que não é porque não gosta dele, ou não sente falta dele, ou algo assim. Achei que vocês poderiam ajudar. Então comecem. Executem sua magia. Use o vodu da vovó nela.

Eles riram, e muito. — Vodu da vovó. Essa foi ótima, gatinha — vovô disse, entre acessos de risada.

— Não estou brincando! Ela tem problemas — gritei, apontando para minha amiga aterrorizada. — Resolvam!

— Bem, reconheço que não sei por que vocês não estão juntos — vovó começou. — Por que não conta qual é o problema, Melissa?

Ela inspirou profundamente, seu olhar se alternando entre nós três, que olhávamos para ela, fixamente. — Não há nenhum problema. Talvez, esse seja o problema.

— O quê? — Vovô coçou a cabeça, completamente confuso com a resposta.

— Continue — vovó instigou, com aquele seu tom simpático. Era assim que ela prendia nossa atenção.

— É isso aí. Não há problema nenhum. — Melissa disse, obviamente tentando parecer confiante.

— Você gosta de Dean? — Fiz a pergunta mais óbvia de todas e fiquei olhando seu rosto se suavizar do mesmo modo como quando ela o mencionara na faculdade.

Mantivemos os olhos fixos em Melissa, esperando pela resposta. Ela baixou os olhos e os enxugou. — Claro que gosto dele. Nunca gostei de alguém tanto quanto gosto dele.

Fiquei parada ali, chocada. Não fazia sentido para mim. Balancei a cabeça e disse: — Sério? Então o que estamos fazendo aqui? Por que você não está com ele?

Vovó soltou um ruidoso suspiro antes de puxar uma garrafa de vinho do armário. Ela abriu a garrafa, serviu três copos, depois encheu um quarto com água fria. — Sinto muito por estar bebendo na sua frente, querida — ela disse em tom de desculpa, estendendo-me o copo cheio d'água.

— Tudo bem. Não tenho vontade de vinho agora. — Dei um tapinha na barriga.

Vovó colocou um dos copos diante de Melissa. — Beba. Vamos discutir isso.

— Vocês, garotas, tornam tudo tão complicado... Não sabem que nós, homens, somos pessoas simples? — vovô perguntou, ao dar uma bebericada no vinho.

Vovó elevou a mão para interrompê-lo, depois perguntou a Melissa: — Você está assustada, querida?

Vovô fez que sim. — É óbvio...

Minha cabeça girou quando as lágrimas de Melissa caíram. — O que é? O que é óbvio? — perguntei, completamente confusa.

— Ela tem medo de que não funcione. Que eles não consigam ficar juntos — vovó disse, mansamente, enquanto a observava.

Vovô bateu no balcão da cozinha, fazendo barulho. — Gatinha, o que há de errado com ela?

— Melissa só está assustada. É só isso. Puro medo — vovó disse.

— É sério? — perguntei. — Mas você é a pessoa mais destemida que conheço. Está sempre dizendo o que os outros devem fazer. Sempre encorajando todo mundo e mandando as pessoas assumirem riscos.

— É fácil dizer às outras pessoas o que fazer — ela admitiu. — É muito mais difícil aplicar seus conselhos em sua própria vida, principalmente quando não vê as coisas claramente.

— Do que você está falando? — perguntei.

Melissa suspirou. — Eu sabia que você e Jack tinham sido feitos um para o outro. Podia ver isso, sabe? Sempre disse isso. Então, é fácil para mim empurrar alguém para ir em busca de algo que é tão óbvio para mim e para todos ao redor. Mas não me vejo com a mesma clareza.

— Sério? — eu disse, com um riso de desdém. — Por que é que não acredito em você?

Ela fez que sim. — É verdade. Posso dizer o que acho que você deve fazer, mas nunca sei o que *eu* devo fazer.

— Bem, todos nós sabemos o que você deve fazer! Você deve ficar com Dean! — Parei, sentindo o calor aumentar no meu rosto. — Todo mundo sabe que vocês se gostam, então por que você não fala logo? Bote pra fora... — insisti.

Melissa inspirou profundamente e falou sem pensar: — Tá! Eu gosto do Dean, realmente gosto. Mas se algo acontecer e não der certo, sou eu, não ele, quem vai perder. Você é minha melhor amiga — ela lembrou, dando uma olhada na minha direção. — Mas ele é irmão de seu marido. Se terminar mal, alguém vai perder vocês. — Seus olhos suplicavam que eu compreendesse. — E tenho certeza de que não vai ser Dean. Ele nunca vai deixar de ser irmão de Jack. Mas posso deixar de ser sua amiga. — As lágrimas escorriam livremente pelo rosto dela, e Melissa ergueu a mão para repeli-las. — Não quero deixar de ser sua amiga. Não quero perder tudo.

Com o coração doendo, eu me levantei e caminhei em direção a Melissa, depois passei meus braços em torno dela e a abracei. — Nunca vou deixar de ser sua amiga. Não importa o que aconteça entre você e Dean.

Ela balançou a cabeça. — Você diz isso agora, mas não sabe. Não pode ter certeza. Se tiver que escolher... Quer dizer, se for forçada a escolher. Não pode me escolher. Dean é da família agora.

— Mas você sempre foi da família. — Atraí o olhar de Melissa, tentando mostrar a ela que estava sendo sincera, mas ela balançou a cabeça.

— Posso garantir que Dean não está pensando no que vai perder se vocês terminarem — vovô disse. — Porque ele nunca pensaria que vocês vão terminar. Por que você pensa assim?

— Sim, querida, por que está tão convicta de que não vai dar certo? — vovó acrescentou.

— Melissa, você foi a única pessoa do mundo que me encorajou a não desistir de Jack. Mesmo depois de tudo pelo que passamos, você ainda dizia que ele era o único homem para mim.

— Bem, eu estava certa — ela retrucou.

— E eu também estou. Você e Dean foram feitos um para o outro. Você é a única que não vê isso.

Ela abaixou a cabeça e sussurrou — Eu sinto isso.

— Ouça. — Vovó se adiantou e tomou as mãos dela entre as suas. — O amor é a única coisa na vida pela qual vale a pena se arriscar. Quando você estiver mais velha e voltar seus olhos para a vida que viveu, não vai se arrepender do fato de que se arriscou para amar alguém. Mas vai se arrepender das chances de amar que não aproveitou. Especialmente daquelas arraigadas no medo. Só são assustadoras porque você tem medo de perder tudo. Você teme demais. Não deixe o medo de perder o amor impedir você de viver toda a experiência de amar.

— Ela está certa, você sabe — vovô sorriu, calorosamente. — Ela geralmente está, então não deveria ser surpresa. Se você fugir, vai se arrepender, querida. Talvez não agora. Mas lá no fim. Você vai se arrepender de todos os momentos que você teve com nosso neto que poderiam ter levado a mais. A vida é cheia de coisas. Você não quer que o remorso seja uma delas.

Vovó se ergueu e deu um beijo molhado no rosto de vovô, que deixou seus braços caírem em torno dela. — Ele tem razão, querida. Viva sem remorsos. É muito fácil, na verdade. Você apenas ouve seu coração, segue e aproveita. Sempre aproveite. E assuma riscos, principalmente, quando se tratar do amor. Porque o amor é a única coisa neste mundo pela qual vale a pena se arriscar.

Melissa fez que sim, sua expressão mais relaxada e aberta, seu rosto teimoso tinha ficado no passado. A conversa havia sido simples, mas eficaz.

Depois de agradecer aos dois e prometer levá-los para conhecer a nova casa, praticamente saltei para dentro do carro. Queria voar de volta. Levar Melissa até lá para que pudesse resolver aquela besteira com Dean era prioridade. Mal podia esperar para que eles ficassem finalmente juntos. Chegamos em tempo recorde. Reduzi a conversa ao mínimo, não ousando estragar a magia que vovó e vovô haviam feito com ela.

Estacionei na entrada um pouco rápido demais e puxei o freio de mão antes de saltar.

Jack entrou na garagem quando Melissa saiu do carro. — Para onde vocês duas foram?

— Tínhamos que resolver um negócio. Onde está Dean? — perguntei.

— Ele já foi. Tem um encontro hoje à noite ou algo assim — ele disse, olhando para Melissa.

Ela teve um desfalecimento, quase desmoronando. Se uma pessoa podia se quebrar em pedacinhos feito vidro, tinha acontecido com ela.

— Ele tem um encontro? — gritei. — Com quem? Ligue para ele! Não deixe que vá!

— O que está acontecendo? Onde vocês estavam? — Jack apertou os olhos.

Pus uma mão na cintura e disse enfaticamente: — Levei Melissa para ver vovó e vovô. Precisávamos esclarecer essa história.

— E então? Esclareceram? — O olhar de Jack se dirigiu para Melissa e seus olhos se arregalaram um pouco quando ele notou o nariz e os olhos vermelhos dela.

— Ela esclareceu — respondi. — Mas precisamos de Dean aqui. Imediatamente. Ele não pode sair com outra menina sem ouvir isso primeiro. Dean precisa saber!

Eu estava perdendo o controle, a paciência, tudo. Se Dean saísse com aquela menina e eu deixasse Melissa ignorar tudo que ouvira, ela poderia despertar no dia seguinte e decidir nunca contar nada a ele. E todo este avanço teria sido inútil. Precisava que aqueles dois ficassem finalmente juntos. Não apenas porque ela era minha melhor amiga e ele era meu cunhado, mas porque eles tinham sido feitos um para o outro e todos sabíamos disso. Mais do que qualquer outra coisa, eu queria que eles pelo menos tentassem.

— Então, você quer que eu ligue para meu irmão? — Jack perguntou, a voz cheia de confusão. — E diga para ele cancelar o encontro e voltar para cá? Estou entendendo direito?

— Esqueça — eu disse, frustrada. — Eu ligo. — Peguei o celular e liguei para Dean.

O nervosismo percorria meu corpo quando empurrei Melissa para dentro de casa e apontei para a vodca. Jack deu de ombros e revirei os olhos. Agarrei uma taça do armário e Dean atendeu. Pus a taça com força sobre o balcão de granito, olhei ferozmente para Jack e apontei para a vodca e depois para minha trêmula amiga.

— Dean, oi! Muito obrigado pela ajuda hoje. Você esqueceu uma coisa aqui. Pode vir buscar? — Eu não tinha ideia de por que mentira, mas pareceu certo naquele momento.

— O que eu deixei aí? Não levei nada.

Balancei as mãos no ar, pedindo silenciosamente por socorro, mas ninguém se moveu ou fez som algum. — Eu, uh, tenho um presente para você. Mas vai estragar se você não vier agora buscar. — Meu rosto se contorcia com cada mentira que saía de minha boca.

— Estou me arrumando para sair. Vou me atrasar se passar aí.

— Ouça, Dean. Estou grávida, emotiva e fora de controle. Se você não chegar aqui nos próximos dez minutos — parei por meio segundo para refletir sobre o que dizer —, *sem* essa garota, vou pendurar você pelo saco da próxima vez que o vir. Entendido?

— Estou a caminho.

Desliguei sem dizer uma só palavra. Dei uma olhada para Melissa, notei a taça vazia e sorri. — Boa garota. Um pouco de coragem alcoólica não faz mal nenhum.

— Merda, Cass — Melissa suspirou, com um gemido. — O que vou dizer para ele?

Jack tossiu. — Alguém vai me dizer o que está acontecendo?

— Você vai ver — eu disse, com um sorriso malicioso antes de olhar nos olhos azuis e brilhantes de Melissa. — E quanto a você, vai falar tudo o que disse lá na vovó e no vovô. Seja sincera.

Servindo-me de um copo de água, sentei em um banquinho e esperei pelo som do Mustang de Dean. Se pareceu levar uma eternidade para mim, podia apenas imaginar como Melissa devia estar se sentido.

O ronco do motor avisou que ele tinha chegado. Abri a ampla porta da ampla garagem para Dean entrar. Fechei a porta e voltei para a cozinha, onde estávamos todos reunidos. Seus olhos nos examinaram rapidamente, mas ele se deteve no rosto de Melissa.

— Certo, estou aqui — ele bufou, o cheiro de perfume enchendo a cozinha enquanto eu silenciosamente agradecia aos deuses da gravidez por não estar me enjoando. Dean estava lindo em seu jeans escuro. Ele vestia uma camiseta preta justa sob uma camisa tradicional azul e preta desabotoada. — Alguém vai me contar o que está acontecendo?

Esperei que Melissa falasse, se movesse, fizesse alguma coisa. Seus dedos tamborilavam a taça enquanto ela olhava para o chão e se recusava a levantar os olhos.

Cansada de esperar, estalei os dedos diante do rosto dela, forçando-a a reconhecer minha presença. Quando seus olhos magoados encontraram os meus, quis pegá-la em meus braços e confortá-la. Ela abriu e fechou a boca várias vezes, como se quisesse dizer alguma coisa, mas nenhuma palavra saiu.

Você só pode estar brincando comigo.

Nunca desde que tinha conhecido Melissa eu a vira daquele jeito, e me perguntei se era um lado dela que sempre guardara para si mesma. Obviamente, ficaria de bico calado, então supus que cabia a mim cutucá-la.

— Chamei você de volta porque pensei que Melissa tinha uma coisa para dizer. Mas acho que estava errada. — Era um pouco duro e eu sabia, mas o jogo terminara e eu precisava ajudar.

O olhar de Dean se voltou para Melissa e eu vi o que parecia esperança brilhar em seus olhos. Ele ergueu as sobrancelhas na direção dela, mas nenhum dos dois falou uma só palavra.

Dei uma olhada para Jack, que havia se encostado à parede, os braços sobre o peito e os pés cruzados. Ele mantinha a boca fechada e alternava seu olhar entre Dean e Melissa, visivelmente fascinado pelo que estava se desenrolando. Ri um pouco comigo mesma, pensando que ele estava parcialmente grato pelo drama não ter nada a ver conosco daquela vez.

Dean fez que sim lentamente, e disse: — É verdade? Você tem alguma coisa para me dizer ou vamos ficar aqui em pé a noite toda? Se for a segunda opção, estou atrasado para um encontro.

O rosto de Melissa empalideceu e enrijeceu quando sua natureza defensivamente teimosa a dominou. Ela apertou os olhos avermelhados e disse asperamente: — Vá então. Você não quer deixar a garota esperando.

— Está brincando comigo? — Dean gritou. — É uma piada? Droga, se tem alguma coisa a dizer, diga!

Ela pisou com força pela cozinha e parou diante de Dean, encarando-o ferozmente, ignorando sua pequena constituição física em comparação a dele. Depois agarrou a manga da camisa de Dean e o arrastou para fora da cozinha, levando-o para a garagem sem bater a porta.

Sabendo que eu devia pegar Jack e dar o fora para deixá-los ter sua conversa em particular, plantei meus pés no chão da cozinha e me inclinei junto à porta aberta. Ouvir a conversa dos outros podia ser feio, mas eu investira muito naquilo e queria muito ouvir.

Meu marido obviamente sentia o mesmo, porque passou o braço em torno de mim e me puxou para seu corpo enquanto se inclinava em direção à garagem. — Não vou me mexer. Quero ouvir essa merda toda — ele sussurrou junto ao meu ouvido.

Virei a cabeça e dei um beijo em seus lábios suaves. Essa simples bicadinha avivou as brasas da luxúria dentro de mim, fazendo-me entrar em erupção. Imediatamente, quis arrastá-lo para o quarto, mas balancei a cabeça para apaziguar o fogo e me concentrei no que estava acontecendo na garagem.

— Então, qual é a grande novidade que você tem para me contar? — Dean tentou soar durão, mas eu sabia que devia estar morrendo por dentro.

— Preciso que você pare de ser grosso agora — Melissa pediu. — Por favor? É duro para mim.

Queria poder ver o rosto de Dean. Ou pelo menos seus olhos de avelã. Eu os imaginei se suavizando imediatamente com as palavras dela.

— Está bem — ele respondeu.

— Obrigada. — Ela tomou um longo fôlego antes de soltá-lo lentamente. — Primeiro, só quero que saiba que eu gosto realmente de você, Dean. Sempre gostei.

— Você gosta de mim, gosta de mim? — ele interrompeu, seu tom de surpresa, e eu tive que me conter para não soltar uma risadinha com as palavras que escolhera.

— Muito — ela disse. Pelo ruído, achei que ela estava andando de lá para cá na garagem.

Jack cutucou meu ombro, seus olhos arregalados de animação. Sorri para ele, e Melissa continuou: — E eu sinto muito por tudo! Pelo modo como agi, fingindo que não dava bola.

— Por quê? Por que você fingiu? Você acabou comigo em Nova York. Por que fez aquilo? — A voz de Dean soou dolorida quando ele se referiu à viagem que tinham feito fazia vários meses.

— Fiquei assustada.

— Com o quê?

Silêncio.

Apertei o braço de Jack enquanto esperava pela resposta. Pressionando meus lábios em seu rosto, sussurrei no ouvido dele: — Isso está me matando.

— Está me matando também — ele admitiu.

Minutos de silêncio passaram, ensurdecendo-nos com as possibilidades não exprimidas.

— Melissa — Dean disse, sua voz finalmente rompendo o silêncio. — Assustada com o quê? Você tem que falar comigo. Por favor. Não se feche agora.

Passos se arrastaram fora de nossa linha de visão e eu prendi o fôlego.

— Por favor, eu quero saber — Dean rogou.

— Você é irmão de Jack e eu sou a melhor amiga de Cassie. Vamos estar na vida um do outro para sempre. Fiquei com medo de que, se tentássemos ficar juntos e não desse certo, iria estragar tudo. Seria constrangedor, desconfortável. E um de nós teria que se afastar, e, bem, não seria você, porque é irmão de Jack. Então, seria eu. Eu seria chutada para fora do grupo porque a gente tinha tentado e não tinha funcionado. Então, eu não teria perdido apenas você, mas minha melhor amiga e o bebê.

Jack atraiu meu olhar e sussurrou raivosamente: — E eu? Ela teria me perdido também!

Balançando a cabeça diante de sua visão narcisista do mundo, dei uma cotovelada em suas costelas para calar a boca dele.

De volta à garagem, Dean riu. — É isso então? — ele disse, zombando de Melissa, e eu não pude conter a pequena risada que escapou de meus lábios.

— O que você quer dizer com "é isso então"? É o bastante, Dean. Cassie é minha melhor amiga. Você sabe como isso é importante para uma garota? Não posso perder Cassie. Nem posso perder você.

O som de minha melhor amiga chorando doeu em mim. Jack sabia que eu queria ir lá para confortá-la, então apertou meu corpo. — Deixe os dois se resolverem — ele me lembrou, com um beijo delicado na minha nuca.

A voz de Dean era tranquilizadora. — Sei como essa amizade é importante para vocês duas. Eu nunca me colocaria entre vocês. Você sabe que eu não faria isso. — Quando ele terminou, mais sons de pés se arrastando vazaram pela porta aberta.

— Claro que você não quer isso, mas não significa que não vai acontecer. Só falando nisso, estamos iniciando algo, e não podemos voltar atrás.

— Eu não quero voltar atrás — ele disse numa voz baixa.

— Você diz isso agora. — Melissa fungou, soando tão digna de pena que meu coração se partiu mais um pouco.

— Vou dizer sempre. Quero ficar com você. Sempre quis ficar com você. Por que está tão convicta de que não vai durar?

— Não estou convicta — ela respondeu. — Só preocupada. Gosto de planejar. Não pode dar errado, porque estragaria o resto dos meus planos.

Jack me lançou um olhar interrogativo e eu dei de ombros. Honestamente, não tinha a menor ideia a que ela se referia.

Dean riu e Melissa soluçou um pouco mais alto, depois gemeu: — Não ria de mim.

— Não estou rindo de você. Estou apaixonado por você.

— Você está... — ela fez uma pausa, sua voz falhando — apaixonado por mim? Depois de tudo o que aconteceu?

— Eu sabia que no fim daria certo — ele disse, confiante. — Mas uma hora cansei de esperar e ser desapontado.

— Você sabia?

— Bem, eu esperava. Esperava muito — ele admitiu, e eu sorri. — Então, podemos fazer isso agora? Você e eu? Vai rolar?

— Tem certeza de que você quer?

— Quantas vezes tenho que dizer a mesma coisa? Eu quero. Agora. Vou querer amanhã. Vou querer para sempre.

— Você não sabe disso — ela disse baixinho. — Não pode ter certeza.

Dean suspirou. — Melissa, estou tão convicto de que vamos ficar juntos até morrer que apostaria dinheiro nisso.

— Ah, é? Quanto? — ela perguntou numa voz tão normal que não pude me impedir de soltar uma risada. — Ei! — ela gritou para nós. — Estou ouvindo vocês aí. Bisbilhoteiros!

— Olha quem fala! — eu gritei em resposta antes de ouvir os sons familiares de beijos.

Dei um safanão no ombro de Jack outra vez e me afastei de seu abraço para me esgueirar pela porta que separava a cozinha da garagem. A visão que tive fez com que cobrisse o rosto com as mãos. Os dois se beijando em público, bem, ao menos diante de outras duas pessoas, era estranho, depois de tudo o que tinha acontecido.

Resisti à tentação de soltar fogos de artifício ou contratar uma banda. Tínhamos esperado tanto tempo por aquilo que eu queria que o mundo todo soubesse que finalmente tinha acontecido. Quando virei para andar até Jack, nenhum de nós dois conseguia parar de sorrir. Ele abriu os braços e eu me joguei nele, beijando cada covinha antes de chegar à sua boca.

— Estou tão feliz por eles! Você consegue acreditar nisso?

Sua língua provocou meu lábio inferior antes de pedir para entrar na minha boca. Obedeci, deixando que o sabor de cerveja me consumisse.

— Jesus, vocês dois, arranjem um quarto — Melissa zombou, e eu me afastei do meu marido para vê-la nos braços de Dean.

Dei uma pequena bufada. — Olha só quem fala. Vocês dois é que precisam do quarto, para o sexo da reconciliação — provoquei, deixando Dean todo animado.

— Gosto da ideia. Acho que ela está certa. — Dean olhou para Melissa e a beijou.

— Você não tem um encontro? — Jack perguntou ferinamente, como um idiota.

Dean piscou. — Acho que me atrasei.

— Diga que você ao menos cancelou e a pobre garota não está sentada em casa, perguntando onde você está. — Lancei o olhar de mãe que eu vinha praticando no espelho e ele riu.

— Quem você pensa que eu sou? Jack?

Melissa balançou a cabeça, depois tomou um fôlego antes de reconhecer: — Espero que você acabe com essa história de sair com outras pessoas.

— Você também. Nunca mais vai poder sair com outra pessoa.

— Ah, é mesmo? — ela disparou em resposta, sua agilidade voltando à tona, o que me deixou muito feliz. A garota dócil e magoada não era a Melissa que eu conhecia e amava.

— Pode negar se quiser — Dean disse. — Pode se assustar. Vou estar sempre aqui para lembrar você. Esse é o trato. Eu e você — ele disse, apontando para os dois. — Isso vai durar.

— Então, está acontecendo mesmo? Vocês dois são finalmente um casal! Estou sonhando? — Caminhei até Melissa e a abracei antes de fazer o mesmo com Dean.

— Não, mas eu acho que eu estou — Melissa.

Jack abriu a geladeira e pegou duas cervejas. — Hora de abastecer. Beba — ele disse, arremessando uma lata para Dean. — Baixinha, você precisa de outra dose de coragem alcoólica? Não que tenha ajudado muito.

Dean voltou os olhos para ela com um sorriso brincalhão em seu rosto. — Você tomou umas doses antes de eu chegar?

— Correção, tomei *uma* dose. Uma. E, sim, achei que fosse vomitar nos seus sapatos se não tomasse.

Ele contorceu o pé direito. — Gosto destes sapatos.

Pulei sobre o balcão, pernas e pés balançando. — Ei, eu tenho uma pergunta.

As pequenas sobrancelhas perfeitas de Melissa se juntaram quando ela perguntou: — O que é?

— Quando Jack estava ouvindo vocês furtivamente e eu não pude deixar de ouvir também porque me recusei a sair do lado dele... — eu disse, inocentemente, enquanto meu marido me cutucava. — De que planos você estava falando?

Ela apertou os lábios antes de confessar — Tudo decorre da mesma coisa, o término. Primeiro eu perco Dean — ela disse, apontando para ele antes de continuar. — Depois perco minha melhor amiga. Então perco os filhos dela. E isso significa que não posso ter filhos com você e que nossos filhos não serão melhores amigos e que não vamos morar uns perto dos outros ou criar nossos filhos juntos ou qualquer das coisas que planejei fazer com você. Porque é isso que os amigos fazem. Temos filhos juntos e fazemos compras juntos e nossas famílias crescem juntas.

Tentei dar um chute nela, mas meu pé não alcançaria tão longe e eu me recusava a descer do balcão. — Você é uma boba. É só casar com Dean e então poderemos fazer todas essas coisas.

Dean voltou seu olhar para Melissa e apertou seus ombros. — Sim, é só casar comigo. Problema resolvido.

— Estou falando sério! — ela praticamente gritou.

— Eu também! — Dean gritou em resposta.

— Chega! — Jack apertou as mãos de cada lado da minha barriga, como se os ouvidos do bebê estivessem ali. — Vocês vão estressar meu filho. E eu juro que mato os dois se fizerem isso. Não gritem perto dele — Jack disse, vigorosamente, e eu revirei os olhos. — Se nosso filho vier revirando os olhos, gatinha...

— O quê? O que você vai fazer? — disparei em resposta, brincalhona.

Jack bateu com força sobre o granito. — Não sei, mas vou pensar em algo com que torturar você!

— Vocês dois são ridículos — Melissa disse ao se aconchegar mais nos braços de Dean.

Mostrei a língua para ela, que fez o mesmo. — Você — apontei para Melissa — não tem moral para dizer isso a ninguém. Nunca. Os dois são o casal mais ridículo que já conheci.

— Você vai deixar Cassie falar desse jeito com a gente, Melis? — Dean zombou.

Melissa apertou os olhos, brincando. — Você quer que eu bata em uma grávida? — Ela ergueu um punho e deu um soco na outra mão.

Jack entrou no espaço que nos separava. — Vou acabar com você, baixinha. Ninguém mexe com a mãe do meu filho.

— Minha nossa, quanto tempo você esperou para poder usar essa frase? — Eu me dobrei de rir, como todos os outros.

— Semanas — ele admitiu, com um sorriso de covinhas, antes de ficar entre minhas pernas.

Eu amo essas covinhas.

Espero que nosso filho também as tenha.

— Quase esqueci que tenho uma coisa para você — Jack falou animadamente e desapareceu dentro da garagem. Ouvi uma das portas do carro abrir e fechar, depois ele voltou para a cozinha.

Lançou um pequeno pacote para mim e eu o peguei com as duas mãos. — O que é isso?

— É só abrir.

Tirei o papel de embrulho e vi uma pequena caixa de papelão. Quando abri e olhei para dentro, soltei um gritinho de surpresa, depois puxei uma jarra em miniatura cheia de moedinhas.

Jack sorriu radiantemente para mim. — Por todos os toques na barriga. Vou encostar nela um monte de vezes. Deduzi que teria que pagar.

Balançando a cabeça em espanto, olhei ao redor, observando algumas das várias jarras orgulhosamente expostas, cada uma cheia de moedinhas até à borda, representando diferentes épocas de nossas vidas. A jarra original que ele me dera na faculdade estava em nosso quarto, intocada.

Eu levara as jarras quando ele fora para o Mets e as colocara no escritório em casa. Elas me levavam a lembrar de tudo o que ele sacrificara para me ter de volta, e olhar para elas me deixava feliz. Havia outras jarras de tamanhos variados que tínhamos acumulado ao longo dos anos em Nova York, quando nos recusávamos a gastá-las. Guardávamos todas as moedinhas que caíam em nossas mãos. E agora começaríamos nossa coleção californiana. Eu sabia bem onde aquela jarra em miniatura ficaria: no quarto do bebê.

— Acho que você ainda tem alguns toques das outras moedinhas — eu lembrei, acenando em direção a uma das jarras na sala.

— É melhor garantir, não é, filho? — Ele colou os lábios na minha barriga e eu esfreguei o topo de sua cabeça, sentindo-me mais feliz do que nunca.

Feliz aniversário

CASSIE

Jack e eu terminamos de mudar para nossa casa na praia de Newport sem quaisquer problemas, e eu me espantava toda manhã quando abria os olhos e via o mar da janela do nosso quarto. A beleza estava na porta da minha casa e eu rezava para que nunca me habituasse a ela ou a ignorasse.

Matteo e Trina tiveram uma menina em novembro que batizaram de Adalynn. E, em janeiro, eu voei para Nova York para fotografá-los para a revista. As fotos ficaram maravilhosas, o que não era de se admirar, já que os três eram lindos de morrer. Seria o artigo principal da página web da revista, e sairia na edição impressa durante o verão.

Trina ficou empolgada por me ver grávida e não conseguiu esperar para me dar todo o tipo de dicas e truques para ficar confortável e em forma. Ela era obcecada por travesseiros e me disse que eu precisava de pelo menos oito. Quem precisava de oito travesseiros para dormir? Dei risada, mas ela me fez prometer que compraria mais alguns.

Trina também falou sobre ioga e massagens pré-natais, e, basicamente, se recusou a reconhecer o fato de que eu não era uma supermodelo estonteante antes de engravidar e, com toda a certeza, não seria uma depois da gravidez. Eu tinha saudades dela e a fiz prometer que nos visitaria.

Matteo me abraçou e esfregou minha barriga quando me viu no aeroporto. Ficou feliz por me ver, mas queria que Jack estivesse comigo. Os treinos já começariam e Jack teve que ficar para arrumar as coisas e se preparar. — É como nos velhos tempos — Matteo disse, enquanto dirigia para o apartamento deles, e eu quase comecei a chorar. Era fabuloso estar na cidade, mas tanta coisa havia mudado em um curto espaço de tempo!

Por mais difícil que tivesse sido partir, eu sabia, sem dúvida alguma, que não pertencia mais àquele lugar. Pelo menos não naquele momento. Além do mais, não via como criar uma criança em Manhattan. Viver em uma cidade era uma coisa, mas criar uma criança em um lugar tão agitado e tumultuado era outra. Supus que, nesse aspecto, eu era uma garota californiana. Gostava dos subúrbios, com quintais na frente e atrás da casa, e vizinhos que você realmente conhecia.

Caminhei pelo mar de fãs dos Anjos vestidos de vermelho, minha barriga saliente como se eu estivesse contrabandeando uma bola de praia sob as roupas. Silenciosamente, xingava Jack, desejando ter sido esperta o suficiente para sincronizar a gravidez com o fim da temporada. Mas, na verdade, não tínhamos planejado nada.

Caminhei para a seção das mulheres, sorri para minhas novas companheiras e forcei meu corpo volumoso a caber no pequenino assento verde do estádio. Baixei os olhos para ver Ashley, a ridiculamente linda mulher de um dos veteranos. Ela era a abelha-rainha, uma Kymber, mas sem ser horrível. Todo time provavelmente tinha sua própria Kymber, mas nunca quis ser ela. Ao menos Ashley não tinha me tratado mal quando eu chegara. Não tinha certeza se isso era porque Jack estava bem ou se porque éramos casados e eu não trabalhava, mas não me importava. Quanto menos drama e estresse no meu cotidiano melhor para mim.

— Como está se sentindo, Cassie? — Ashley sorriu por trás dos óculos de sol descomunais.

Coloquei as mãos sobre minha barriga enorme. — Como uma baleia — zombei. O bebê era pesado. Minha lombar doía e meus tornozelos estavam inchados. Não que eu pudesse ver meus tornozelos, mas podia senti-los.

Como é que ninguém avisava que um dia você baixava os olhos e seus pés tinham desaparecido sob o volume desmedido da sua barriga? Foi isso que aconteceu um dia, e eu pirei. Não importava quanto me esforçasse para vê-los, eu não conseguia. Era assustador perder os pés. Resolvi então que da próxima vez que alguém que eu conhecesse ficasse grávida, eu avisaria: "Um dia você acorda e seus pés não estão mais lá. Você precisa de um pedicure? Seus pés estão secos? Não dá para saber, porque você não consegue ver".

A estranheza de perder meus pés era uma coisa, mas perder minhas partes íntimas era outra. Fora traumático. Jack riu de mim quando eu lhe disse que não tinha nenhuma ideia do que estava acontecendo lá embaixo. Ele prometeu ficar de olho. Muito obrigada!

O som de alguém arrastando os pés até o assento perto de mim me impediu de sentir pena de mim mesma. Eu me virei para ver uma garota que não reconheci. Pobrezinha, parecia aterrorizada.

— Oi — ela disse baixinho, seu longo cabelo castanho caindo diante de seus olhos também castanhos quando dirigiu o olhar para o campo diante de nós.

— Oi. Você deve ser nova — hesitei, perguntando a mim mesma se ela era a namorada de alguém do time ou apenas um flerte. Já vira garotas o suficiente irem e virem ao longo dos anos para que finalmente entendesse por que as outras mulheres tendiam a manter distância, mas isso ainda não explicava a total antipatia. Não havia razão aceitável para aquele tipo de comportamento.

Ela fez que sim. — Meu namorado acabou de vir do time de Salt Lake City.

— Em que posição ele joga? — Esperei que não fosse um arremessador. Não me perguntem por quê, já que eu sabia que o time tinha mais arremessadores do que qualquer outra posição. Acho que só tinha medo por Jack. A coisa toda com o Mets havia me marcado. Aprendera da maneira mais difícil que jogadores eram substituíveis se não serviam mais aos objetivos no longo prazo do time.

— Ele é apanhador — ela disse, e reconheci o brilho de orgulho em seus olhos.

— Há quanto tempo vocês namoram? — perguntei. Ela parecia tão jovem! Muito mais do que eu parecia quando Jack começara.

— Faz alguns anos. Começamos a namorar na faculdade. — Um suspiro escapou quando ela baixou o olhar para minha barriga. — E você? Quem é seu marido?

— Ah, sou Cassie — respondi, estendendo a mão. Ela a agarrou em um firme aperto. — Meu marido é Jack Carter. Ele aprontou isso comigo. — Baixei os olhos para minha barriga monstruosa, e ela riu.

— Sou Shawna. É um prazer.

— Cassie? Cassie! — A voz de Ashley interrompeu nossa conversa e virei em direção a ela.

— Sim?

— Por que não vem se sentar aqui? — ela disse timidamente, dando um tapinha no assento vazio à sua direita.

— Estou bem, obrigada — eu disse. — Provavelmente não vou ficar no jogo todo. — Parei de assistir aos jogos inteiros de Jack assim que ficou desconfortável demais ficar naquelas cadeiras por quase três horas. Algumas vezes eu me esgueirava para os túneis lá embaixo, onde era frio, para esperar. Mesmo que o tempo não tivesse esquentado ainda, o bebê me mantinha plenamente aquecida.

— Quer ir para lá? — Shawna perguntou.

— Não. Estou bem aqui. Quero dar um conselho a você: não leve para o lado pessoal se as outras mulheres não se esforçarem para ser simpáticas a princípio. É só o que elas fazem até seu namorado estar por cima. — Eu queria deixar claro que as outras mulheres não seriam tão gentis como eu estava sendo. E, já que ela e o namorado estavam juntos desde novinhos, temia que não fossem fortes o suficiente para lidar com aquilo.

Ela olhou para as fileiras de mulheres e deu de ombros. — Já lidei com coisas piores. As garotas que tentavam se aproximar de Bryce quando ele jogava nas ligas inferiores eram horrorosas. Implacáveis e desrespeitosas. Ao menos essas mulheres não estão tentando tirar meu namorado de mim.

Fiz que sim. — Ah, Shawna, você não tem ideia. Algum dia vou contar nossa história. Mas não agora. Estou cansada demais.

Ela me lançou um belo sorriso. — Vou cobrar depois.

No sétimo turno, levantei e caminhei em torno do estádio. Meus pés doloridos não suportavam minhas costas; eu precisava ir embora. Rumando escada abaixo, marchei pelo corredor de concreto até os vestiários. Esperando que Jack tomasse um banho depressa e não me deixasse esperando ali por muito tempo, esfreguei as costas e me concentrei em respirar. Robert, o segurança, estava sentado em uma cadeira e me obsevava.

— Qualquer dia agora, certo, senhora Carter? — ele perguntou ao remover seu boné redondo e coçar o topo da cabeça calva.

— Se a sorte ajudar — eu disse, sorrindo.

Ele fez que sim — A senhora parece muito bem. Absolutamente radiante.

— Obrigada, Robert. É gentil de sua parte dizer isso. — Continuei a sorrir, mas duvidei de suas palavras. Sabia que parecia uma vaca louca e nem podia imaginar como estavam meus pés desde que eu os perdera de vista...

O túnel silencioso ficou barulhento quando o resto das mulheres e das namoradas começou a se enfileirar em torno de mim. Um momento depois, Jack passou pelas portas e rumou diretamente para mim.

— Olá, gatinha — ele ronronou em meus ouvidos antes de cair de joelhos e beijar minha barriga. — Olá, garoto. — Jack havia começado a fazer aquilo depois de todos os jogos e eu adorava. Não dávamos bola para quem estivesse olhando.

— Você tomou banho? As outras esposas acabaram de chegar.

— Não foi preciso, não joguei hoje. E sei que você deve estar desconfortável. Não quero que fique sentada aqui esperando por mim quando posso muito bem tomar banho em casa.

— Obrigada — eu disse, aliviada e sinceramente feliz por ele ser tão atencioso.

— Tudo pela minha garota. E pelo meu menino. — Ele sorriu, suas covinhas aparecendo. — Como está se sentindo?

— Minhas costas dóem, mas estou bem.

Jack pegou minha mão na sua e me arrastei atrás dele. Sim, eu me arrastei; minha nova forma de locomoção não podia mais ser considerada caminhar. Assim que entramos no estacionamento, Jack destravou as portas do BMW preto, então abriu a porta do passageiro para mim e me ajudou a entrar antes de arremessar a sacola no banco de trás.

— Você quer que eu pare em algum lugar no caminho? — ele perguntou, referindo-se aos meus desejos frequentes.

Eu estava obcecada por um picolé. Comia quase dez por dia. E depois teve a fase em que eu comia cereais em toda refeição.

Estendi a mão a coloquei sobre sua coxa. — Temos um freezer cheio de picolés e uma despensa cheia de cereais. Acho que estou bem.

— Tudo bem, então — ele disse antes de pisar no acelerador.

A mão livre de Jack soltou a minha e foi para a barriga gigantesca. Ele a esfregou lentamente, em movimentos circulares, e o calor que irradiou de sua mão me acalmou. Um ligeiro chute fez Jack retirá-la.

— Ele me chutou!

Dei risada. — Eu sei. Senti isso. — Olhei para baixo e reparei que o bebê estava se mexendo. Ele se contorcia e revirava enquanto minha barriga assumia formatos estranhos para acomodar seu comprimento crescente. — Sei que é um milagre e tal, mas ver um corpo cutucando minha barriga é bizarro. Sinto como se tivesse um alienígena dentro de mim.

Jack me deu uma olhada antes de se concentrar na rua. — Acho incrível. Tem ideia de como é legal que consiga formar uma pessoa dentro de você? Homens não podem fazer isso.

— Não, não podem! Eles não suportariam isso — zombei.

Jack fez que sim e ergueu as sobrancelhas significativamente ao dizer, todo sério: — Ninguém quer parir uma bola de boliche com o pênis.

Abafei uma risadinha. — Você acabou de dizer "pênis"?

— Eu estava tentando controlar a linguagem na frente do bebê alienígena. Nenhum cara quer parir uma bola de boliche com o pau. Melhor?

— Muito. — Suspirei e inclinei o corpo na direção dele enquanto o carro corria para casa.

Devo ter adormecido no curto trajeto, porque, quando abri os olhos, Jack estava me carregando escada acima.

— Querido, você vai quebrar suas costelas. — Envergonhada, tentei me soltar, mas ele reforçou o aperto.

— Você pode não tentar se soltar enquanto estou subindo os degraus? Jesus, gatinha. — Assim que chegamos ao topo, ele delicadamente me devolveu ao chão. — Não queria acordar você.

— Obrigada. — Tentei abraçá-lo, mas não conseguia mais. Minha barriga havia aumentado tanto que me impedia de me aproximar de qualquer pessoa.

— Ele está bloqueando meu pau — Jack disse com um sorrisinho malicioso.

— Tenho certeza de que não vai ser a última vez — zombei.

Jack deu um tapa em meu bumbum e eu gemi. — Vá ficar na cama. Quero você deitada. Ordens de Carter.

— Sim, senhor. — Fiz uma saudação e desapareci dentro do quarto.

Acordei com a mão de Jack firme nas minhas costas. Nas últimas semanas eu dormia intermitentemente, despertando a toda hora para fazer xixi e ajustar a infinidade de travesseiros em torno do meu corpo. Trina estava certa sobre eles. Eu os enfiava debaixo da barriga, entre as pernas e nas costas.

Levantando para ir ao banheiro, senti água escorrendo pelas minhas pernas.

Merda.

Tentei segurar, mas não consegui. Arrastei os pés para ir ao banheiro, sentei no vaso e a água jorrou. Meu coração começou a bater disparado quando percebi que não estava fazendo xixi — a bolsa tinha acabado de romper.

— Jack — gritei de dentro do banheiro. Ouvi meu marido se agitando na cama, mas ele não respondeu. — Jack?

— Gatinha? Onde você está? — Sua voz soou grogue.

— No banheiro. Está na hora. Precisamos ir. — Esperei a água parar de fluir enquanto a ideia de que aquilo estava realmente acontecendo inundou minha mente. Quando saí do banheiro, encontrei Jack vestido e sentado na cama, esperando.

Ele imediatamente pulou e correu até mim. — Você está bem? Tem certeza de que está na hora?

— Minha bolsa acabou de romper. Temos que ir. Você pode pegar a mala? — Por insistência do médico, eu tinha uma mala feita que incluíam algumas roupas para mim e para o bebê.

Ele ergueu um braço e orgulhosamente exibiu a mala — Já peguei.

— Estou impressionada — eu disse, quando uma contração rasgou minhas entranhas. Curvando-me e agarrando a barriga, gemi e resfoleguei de dor.

Jack se pôs imediatamente atrás de mim, esfregando minhas costas. — Gatinha, você está bem? — Ele se ajoelhou para olhar nos meus olhos. — Você vai ficar bem. Eu prometo. O que eu posso fazer?

Ele não gostava de me ver com nenhuma espécie de dor e a tristeza que lhe causava se sentir impotente fazia com que eu ficasse ainda pior.

Quando a contração passou, levantei e disse: — Não vou me trocar. Eles vão tirar minhas roupas, de qualquer modo.

— Você está linda. Vamos assim que estiver pronta. — Ele remexeu no cabelo, como fazia sempre que ficava nervoso, puxando-o.

— Estou pronta — Forcei um sorriso para ajudar a acalmar seus nervos.

Jack colocou a mão na minha barriga e sussurrou: — Por favor, pare de machucar sua mãe. Papai não suporta isso e está ficando louco. — Seus lábios pousaram nos meus e ele me deu o mais delicado dos beijos. — Vamos lá ter este bebê.

Jack me encaminhou para a garagem e contornou nosso jipe Grand Cherokee antes de abrir a porta para mim e me ajudar a entrar. — Não vamos com o Bimmer? — perguntei.

— Não. Gosto da ideia de ir para a maternidade em um utilitário.

Quando ele correu para o assento do motorista, pegou meu cinto de segurança, passando-o em torno da barriga antes de colocar o seu. Eu me concentrei na respiração, com um temor paranoico de que outra contração pudesse surgir a qualquer momento.

Puxei meu telefone, que conseguira pegar na saída, e digitei uma mensagem de grupo para minha mãe, vovó, Dean e Melissa.

A caminho do hospital. A bolsa estourou. Aviso quando souber o número do quarto.

— Não posso acreditar que isso esteja realmente acontecendo. Quer dizer, eu sabia que isso aconteceria, mas é esquisito. — Eu inspirava e expirava lentamente, enquanto Jack dirigia.

— Como assim? — ele perguntou, colocando uma mão em meu joelho.

— Não sei. É como se eu estivesse tão acostumada a ser desse tamanho que imaginei que ficaria assim pra sempre. Mas agora que a bolsa estourou é: puta merda, vamos ter um bebê! Eu não sei o que fazer com um bebê — guinchei, começando a pirar. Jack riu da minha irracionalidade. — Não ria de mim, droga. Você nem vai me ajudar.

Isso interrompeu de imediato as risadas de Jack. — Não teve graça.

— Não estou tentando ser engraçada.

— Você quer que eu deixe o beisebol? Posso deixar amanhã mesmo — ele sugeriu, num tom sério.

Apertei os olhos para ele. — Claro que não quero que você deixe o beisebol. Mas não tire sarro de mim quando estou enlouquecendo, Jack.

Porque eu estou — admiti. — Estou assustada. Não sei o que fazer com um bebê.

— Você vai ser excelente, gatinha. Maravilhosa. E, se precisar de ajuda, vamos contratar uma babá. Vou contratar uma para cada dia da semana se ajudar. O que quer que faça você feliz.

— Não quero outra pessoa criando nosso filho! Você está louco? — comecei a gritar. — Provavelmente, nunca mais vou trabalhar, então não há motivo para uma babá me ajudar a ser mãe.

— Ótimo. Sem babá. — Ele deu uma olhada para mim e depois voltou o foco para a estrada. — É engraçado como as coisas funcionam.

— Do que você está falando?

— Eu estava tão infeliz com a negociação a princípio... Mas deu tudo certo. Você ficou grávida e mudamos para uma casa. A maioria dos caras não tem essa sorte.

— A maioria dos caras não quer ter essa sorte. Gostam de ter mulher e filhos em outra cidade. Assim podem trair sem se preocupar — eu disse, asperamente.

— Opa. A gravidez mudou você.

— Mudou mesmo. — Ele deu uma olhada para mim com uma sobrancelha erguida, surpreso que eu estivesse completamente de acordo. Dei risada. — Eu me sinto uma louca. Tire isso de mim.

Ele apertou minha coxa. — Você tem vovó e sua mãe. — ele disse. Depois acrescentou: — E Melissa. E meu irmão. Temos um time inteiro aqui pronto para ajudar.

— Você está certo — eu disse, começando a me acalmar. — Está absolutamente certo. Vai ficar tudo bem. Estou só enlouquecendo porque nunca fiz isso.

— Espero que não.

Outra contração me rasgou, fazendo-me dar um gritinho abafado.

— Gatinha? — A voz de Jack suplicava por uma resposta, mas eu estava ocupada demais contando e tentando respirar. Quando terminou, soltei sua mão e ele a sacudiu. Aparentemente eu esmagara seus dedos. — Realmente não gosto quando você tem essas coisas.

Ele mexia nervosamente no volante, os nós dos dedos da mão esquerda quase brancos de tanto que eu a tinha apertado. — Dói muito? — ele perguntou, e depois rapidamente voltou atrás. — Não. Não me fale. Não quero saber quanta dor você está sentindo. — Ele bufou e balançou a cabeça, mudando de opinião. — Não. Fale. Que tipo de homem não pode saber quanta dor sua mulher está sentindo? O tipo que não pode fazer nada a respeito! — Ele bateu a mão com força no volante, numa gangorra emocional.

— Jack, pare. As dores não são tão terríveis assim. São apenas cãibras fortes. É só um pouco desconfortável — menti. As contrações estavam ficando mais fortes e mais longas, mas Jack estava certo. Não havia nada que ele pudesse fazer e eu não queria que enlouquecesse por isso. Doía-me vê-lo reagir tão defensivamente quando se tratava de mim. Eu me reservava o direito de protegê-lo do mesmo modo que ele me protegia. E era assim que fazia isso, evitando a verdade.

Jack me olhou atentamente, seu rosto cheio de amor e preocupação antes de olhar para a estrada novamente. — Não posso ficar sentado aqui enquanto você grita de dor. Vai contra tudo o que sinto por você. Meu dever é te manter segura e protegida. Sei que é ilógico pensar que posso impedir suas dores do parto, mas meu coração parece que vai explodir quando ouço os sons que você faz. Você não pode sentir dor, gatinha. Isso me dilacera. Vai contra todas as fibras do meu ser ficar aqui e fingir que não quero salvar você. Preferia quebrar minha própria mão a ver você sofrendo.

Sorri, confortada pela profundidade de seu amor por mim. — Entendo completamente e amo você por isso. É sexy pra caramba o como você me ama, Jack. Mas juro que estou bem.

Ele estacionou o carro no estacionamento do hospital, agarrou minha mala e me ajudou a sair. — Posso carregar você se quiser — ele sugeriu.

— Estou bem, realmente — bufei. — Posso andar.

Jack passou um braço protetor em torno de mim e me guiou para as portas da sala de emergência. Assim que fomos registrados, ele exigiu um quarto o mais rapidamente possível, dizendo a todo mundo que pudesse ouvir que eu estava sofrendo, prestes a dar a luz a qualquer momento, e precisava deitar. As enfermeiras tentaram acalmá-lo enquanto eu fazia com a boca um pedido de desculpas para qualquer uma que olhasse em minha direção. Não pareciam alteradas, como se este tipo de conduta fosse uma ocorrência diária.

— Oi, senhora Carter. Meu nome é Jane e serei sua enfermeira. Se me seguir, vamos ajeitar tudo para a senhora. — O cabelo dela estava meticulosamente arrumado em um coque apertado, nem um fio de cabelo fora do lugar, e eu me flagrei hipnotizada por ele. Jack estava certo. A gravidez me deixara esquisita.

— Por favor, me chame de Cassie — eu disse, arrastando-me atrás dela pelo longo corredor branco.

A enfermeira parou em frente a uma porta de madeira e fez um sinal com o braço. — Vamos ficar aqui.

— Não há mais ninguém aqui, certo? Ela tem seu próprio quarto? Pedi um quarto particular. — Jack disparava as perguntas sem parar para tomar fôlego.

— Sim, senhor Carter. Ela terá seu próprio quarto, como pediu.

Jack entrou no quarto primeiro e olhou ao redor, examinando-o cuidadosamente antes de se voltar para mim.

— Desculpe, ele está um pouco... hum... — parei, procurando a palavra certa.

— Nervoso? — ela sorriu. — A maioria dos pais de primeira viagem fica — ela disse, usando uma voz suave e reconfortante ao me conduzir para o gigantesco quarto do hospital.

O braço forte de Jack me guiou para a frente outra vez. — É enorme aqui — eu disse, olhando ao redor. A cama do hospital era pequena, mas o resto estava elegantemente decorado, parecendo um hotel, com mesas de cabeceira e uma escrivaninha.

Um sofá-cama verde-claro ficava sob a única janela. Havia uma enorme cadeira de couro marrom em um canto e tudo em que consegui pensar foi quão fria parecia. Nunca fora fã de couro. Sempre estalava e gemia quando uma pessoa se sentava.

Do outro lado do quarto, estava a cadeira de balanço de aparência mais confortável que já vira, complementando a decoração com seus tons neutros, inteiramente coberta por um almofadado espesso. Quis sentar logo nela.

— Precisamos de você trocada e ligada aos monitores — Jane disse ao puxar a cortina suspensa do teto que cercava a cama. — O banheiro está atrás de você. Sua camisola está sobre a pia. Lembre: a abertura é nas costas. — Jane sorriu e caminhou em direção a uma das máquinas.

Entrei no banheiro e troquei de roupa tão rapidamente quanto pude. Dobrei o pijama, levei para fora e entreguei a Jack. Ele atirou sobre o sofá em uma pilha bagunçada, e eu revirei os olhos.

Homens.

— Você precisa de ajuda para subir na cama? — Jack perguntou, e eu fiz sinal para que se afastasse, subindo sozinha.

Assim que deitei, reparei que as paredes estavam pintadas de um verde de espuma do mar. Olhar para elas me acalmou. Acima de minha cabeça havia uma imitação estofada de cabeceira pregada à parede, ladeada por luzes pendentes de vidro trabalhado. Para um quarto de hospital, era bem bonito.

— Certo — Jane disse. — Preciso começar com a intravenosa. — Ela espetou uma grande agulha em minha mão e estremeci assim que os fluidos atingiram a corrente sanguínea.

Erguendo os olhos para ela, perguntei: — É normal doer?

Jack ficou tenso e olhou firme para Jane, que disse, rapidamente: — Alguns pacientes relatam uma sensação ardente a princípio. Mas desaparece depressa.

— Você está certa. Já desapareceu.

— Ótimo. Agora preciso envolver sua barriga com esta faixa. É um pouco desconfortável porque aperta. Ela mede o batimento cardíaco do bebê para que possamos monitorá-lo durante o parto, assim como a extensão e a força das contrações.

— Certo. — A faixa incomodou quando ela a apertou sobre minha barriga.

— Está confortável? — ela perguntou, inclinando a cabeça.

— Sim.

— Ótimo. Vê o monitor aqui? — Ela apontou para a máquina verde com várias telas de LCD à minha direita. — Você pode ver suas contrações bem aqui. E o batimento cardíaco do bebê aqui.

— Legal.

— Vocês sabem o que é? — ela perguntou, olhando de Jack para mim.

— Sabemos. — Sorri antes de virar a cabeça para Jack, meus olhos começando a lacrimejar. Eu não gostava daquela história de "não queremos saber o sexo do bebê". Minha mente era organizada demais para esse tipo de coisa e eu precisava estar preparada para a pessoinha que entraria em nossa vida. Principalmente devido ao caos que era a agenda de Jack, a ideia de surpresas não me atraía.

Jane continuou a me conectar a várias coisas, como um monitor que controlava meus batimentos cardíacos, e começou a me preparar para uma anestesia epidural, se fosse necessária. Há poucos dias eu me sentia como uma baleia encalhada na praia; agora me sentia como um experimento científico, com fios saindo por todos os lados. Não podia nem andar até o banheiro sem carregar o suporte da intravenosa comigo.

Olhei para Jack, que havia empurrado a cadeira de couro para bem perto da cama, e dei um tapa na minha testa. — Merda. Esqueci de mandar mensagem para todo mundo com o número do quarto. Você faz isso, por favor?

— Claro. — Ele estendeu a mão para pegar meu celular e se levantou. Inclinando-se para me dar um beijo, sussurrou "Eu amo você" antes de beijar minha barriga e dizer o mesmo ao bebê. Depois contornou a cortina e saiu de minha vista. Ouvi a porta abrir e fechar.

Dois segundos depois ele estava de volta ao quarto, com um enorme sorriso de covinhas iluminando seu rosto. — Eles já estão lá fora.

— Quem? — perguntei, completamente confusa.

— Todos. Querem entrar. Podem? — Jack dirigiu a pergunta à enfermeira.

Ela fez que sim. — Podem ficar até a hora do parto. Ou — ela apontou para mim — até você pedir que saiam.

— Avise que estou horrorosa! — gritei para Jack.

— Você está linda, gatinha.

Nossa família não perdeu tempo em encher o quarto, olhando para mim e sorrindo nervosamente, em expectativa. Meu coração se encheu de amor quando olhei para eles e disse: — Não posso acreditar que todos estejam aqui. E se levar cem horas para ele nascer?

Minha mãe caminhou para mim primeiro, parecendo incrivelmente feliz ao se inclinar para me abraçar. — Eu não perderia isso por nada neste mundo. Estou tão empolgada! — admitiu, e eu quis chorar.

— Onde está papai? — perguntei, apenas parcialmente surpresa por ele não estar ali.

— Viajando a trabalho — mamãe disse, sem olhar nos meus olhos. — Disse que viria para cá assim que pudesse.

Pensei por um momento se ela acreditava nas mentiras que meu pai contava. Sabia que ele, muito provavelmente, não apareceria no hospital, e imaginava que ela deveria saber disso também. Será que havia escolhido viver em negação? Eu não me importava mais. Tinha minha própria família com que me preocupar e de quem cuidar.

Meus olhos se fixaram nos olhos azuis de Melissa, depois meu olhar baixou para sua mão entrelaçada à de Dean. Ela fez uma careta para mim e dei risada. — Venha cá — insiti, e ela soltou a mão de Dean e correu.

— Não posso acreditar que você vai ter um bebê — Melissa disse junto ao meu cabelo, enquanto me abraçava, timidamente.

— Eu sei! Não posso acreditar que levou dez anos para você ficar com Dean. Vocês dois parecem realmente felizes.

Ela me empurrou para trás e fez uma careta para mim. — Como você pôde me deixar ser tão idiota por tanto tempo?

— Ah, você é um tanto teimosa. E não escuta. — Fiz um beicinho para ela.

— Eu sei. Mas pensar que eu poderia ser feliz assim aquele tempo todo... Quero dar um chute em mim mesma.

— Então você está feliz? — perguntei, estendendo a mão para ela.

— Demais. Nunca pensei... — ela disse, depois fez uma pausa para se recompor. — Nunca pensei que poderia ser assim. — Seus olhos começaram a cintilar, depois algumas lágrimas rolaram.

— Estou tão feliz por você! Não estrague tudo — sussurrei, brincando.

— Minha vez. — A voz de Dean interrompeu nossos sussurros. Ele empurrou Melissa de leve e inclinou-se para me abraçar.

Todos queriam me abraçar, mas eu mal podia me mover, então não chegava a ser um abraço de verdade. — Vamos logo com isso. Quero ser tio.

— Converse com o garoto na barriga — eu disse, sarcasticamente. — Obviamente, estou pronta. — Abri os braços para apontar todas as máquinas e os monitores presos ao meu corpo.

Dean se abaixou para falar diretamente com minha barriga. — Venha para fora, garoto. Estamos preparados para receber você.

Jake fingiu tossir e Dean se ajeitou. — Ih, acho que estou irritando meu irmão. Que inusitado!

— Pode se afastar dessa barriga que não é sua — Jack disse em uma voz estrondosa.

— Está falando sério? — gritei, e Jack imediatamente se postou ao meu lado.

— Muito. Não ponha sua boca na barriga da minha garota novamente a menos que queira ficar sem ela — ele disse, e achei que estava mais ou menos brincando.

— Você tem problemas. Sabe disso, certo? — Dean brincou em resposta.

Vovó e vovô se juntaram à família na cabeceira da cama e eu finalmente chorei de fato. — Obrigada por virem. Vocês não tinham que levantar no meio da noite para ficar esperando por não sei quanto tempo.

— Sabemos que não tínhamos que fazer isso, querida — vovó disse. — Mas queríamos fazer.

— Sim — vovô acrescentou. — E não temos nada pra fazer em casa. É chato lá sem vocês.

Senti-me mal por todos os que eu amava estarem de pé naquela hora ingrata. Não podiam fazer nada, senão esperar, mas todos me asseguraram que não queriam estar em nenhum outro lugar. Sinceramente, eu me senti amada e especial. Foi maravilhoso.

Jane entrou no quarto, deu uma olhada no monitor, depois tocou todos de volta para a sala de espera. E eles esperaram.

Jack e eu ficamos sozinhos, de mãos dadas, enquanto esperávamos pelo médico. Observávamos o monitor, que nos deu um alerta de que uma contração estava começando antes que eu pudesse senti-la, depois me instruiu através da respiração para me ajudar a relaxar, de modo que as contrações doessem menos.

Finalmente o médico chegou, fazendo uma entrada triunfal com uma enfermeira rechonchuda a reboque. Assim que ele assumiu, o espetáculo começou. Depois de duas horas de empurrões e ofegos, comigo condenando a existência de Jack, o bebê finalmente nasceu.

— É um garoto! — a enfermeira rechonchuda anunciou. — Quer cortar o cordão? — ela perguntou a Jack.

— É claro. — Ele se levantou e pegou a tesoura da enfermeira, depois cuidadosamente cortou onde ela o instruiu a fazer.

Quis me surpreender, mas eu sabia que era um garoto e tinha as fotografias para provar. Lembrei-me de ter rido durante um dos ultrassons que o médico havia pedido, quando a técnica tirou o marcador e traçou uma seta para o que era obviamente o pênis do bebê na tela, escrevendo depois SOU UM GAROTO!!!!!! Quando ela me estendeu a foto, eu a enfiei na bolsa e a escondi da família e dos amigos para que não soubessem o sexo do bebê. Naquela noite, mais tarde, quando liguei para Jack para contar, fiquei esperando por um "eu sabia", já que ele insistia que era um menino. Mas ele foi esperto o bastante para guardar esse pensamento para si mesmo.

Jane assumiu a partir daí, fechando o cordão recém-cortado. — Isso vai escurecer e cair sozinho. Não fique preocupada quando acontecer. — Ela colocou o pequeno bebê em uma balança antes de colocar um cobertor nele e depositá-lo em meus braços.

Depois pegou uma caneta e começou a escrever enquanto dizia em voz alta: — Dez de abril. Feliz aniversário para...? — Ela fez uma pausa e olhou para mim, esperando que revelasse o nome do bebê.

— Chance. Chance Thomas Carter.

— Aah, muito bom — ela arrulhou. — Não tínhamos nenhum Chance ainda.

Virando a cabeça para a esquerda, notei que os olhos de Jack estavam embaçados. Ele tentava conter as lágrimas, seu olhar passando do rosto do filho recém-nascido para o meu.

— Eu amo você. Muito. Você é maravilhosa. E ele é incrível — Jack disse, dando beijos suaves na minha testa e tocando delicadamente a pequena mão do bebê.

— Ele é perfeito. Não é, Chance? — Dei uma inclinadinha em seu corpo de quase quatro quilos em direção ao meu rosto e respirei seu cheiro doce de bebê.

— Chance Fodão Carter — Jack disse. — Legal.

Dei um tapa no ombro dele com minha mão livre enquanto olhava para o rostinho perfeito de Chance. Ele bocejou largamente, depois abriu seus grandes olhos azuis com pestanas incrivelmente longas e agarrou meu dedo, segurando-o firmemente em sua mãozinha.

Segurar nosso bebê em meus braços pela primeira vez foi a sensação mais espantosa; a enormidade dela quase tirou meu fôlego. Éramos pais. Jack Carter e eu, éramos, oficialmente, mãe e pai de alguém.

— Conseguimos — Jack disse baixinho ao olhar com orgulho para seu filho, não mais preocupado com as gotas que caíam de seus olhos.

— Sim. Ele é perfeito. Eu amo você. — Eu sorri, meu coração tão cheio de tanto amor que eu sentia que ele poderia explodir a qualquer momento.

— Os olhos dele vão ficar azuis? — Jack perguntou ao fitar o bebê, e eu dei uma risadinha.

— Provavelmente, não. Eles podem ficar castanhos como os seus ou verdes como os meus. Vamos saber em alguns meses — expliquei.

Eu pensava que me sentira feliz antes, mas, naquele momento, eu me sentia mais feliz do que nunca. Encontrar o amor de sua vida, quando tantas pessoas nunca encontram, já era uma bênção. Atravessar o inferno com essa pessoa, chegar ao outro lado e casar se com ela, era algo maior ainda. Mas criar outra pessoa com ela era uma coisa de outro nível. Não havia dúvida de que nada poderia ser mais belo que aquele momento.

Antes, eu pensava amar Jack com todo o meu coração, mas ter um filho com ele mudava as coisas. O tipo de amor que eu sentia agora era maior do que poderia ter sido. Era como se meu coração houvesse imediatamente aumentado e sido preenchido com mais amor por uma pessoa que eu achava não ser possível amar mais. Jack e Chance tinham meu coração na palma da mão deles.

Olhei para meu marido e lágrimas rolavam pelo seu rosto. Esperando que fossem lágrimas de alegria, fiquei surpresa por ver que parecia um tanto triste. Estendi a mão para tocar seu rosto, querendo dar um jeito no que quer que o estivesse aborrecendo naquele momento perfeito. — Jack, o que foi?

Ele enxugou o rosto antes de me olhar fixamente, o peito se erguendo e baixando. — Eu amo muito você.

— Também amo você — respondi, quando ele ergueu a mão para me interromper.

— No momento em que olhei para nosso filho — ele disse, com angústia — alguma coisa explodiu dentro de mim. Como uma luz ou algo assim, e preencheu meu coração completamente. É um tipo de amor que não sei como descrever. Veja, gatinha, eu amo você com tudo o que sou, mas é como se eu o amasse com *quem* eu sou. Isso faz algum sentido? — Ele começou a mexer as mãos nervosamente e puxar o cabelo.

Sorrindo, fiz que sim. — Entendo completamente, porque sinto o mesmo. Amo muito vocês dois, mas não é o mesmo tipo de amor. A diferença é que eu *escolhi* amar você, mas amar nosso filho não é uma escolha. É simplesmente... amar.

— Exatamente. É isso. — Ele expirou, mas continuou irriquieto. Alguma coisa o estava magoando e me matava vê-lo sentindo dor. Devíamos estar celebrando, consumidos pela felicidade, mas algo estava errado.

— Jack?

Ele fechou os olhos e balançou a cabeça, como se lutando para repelir demônios pessoais. Quando os abriu, outra lágrima caiu. Desta vez ele não se mexeu para enxugá-la. Fiquei olhando-a descer pela extensão de seu rosto e pela linha do queixo antes de cair.

Finalmente, ele disse: — Simplesmente, não entendo. Não compreendo. Quer dizer, uma olhada para nosso filho foi tudo o que bastou para que eu me sentisse completamente cheio de amor por ele. A necessidade de proteger nosso filho, de lutar por ele, matar por ele, me preencheu completamente na primeira vez em que ele respirou.

Fiquei observando enquanto ele falava, incerta da direção a que seus pensamentos o levavam. Antes que eu pudesse formar um pensamento coerente, ele prosseguiu:

— Mas em nenhum momento eu pensei em abandoná-lo. Ou me afastar. E simplesmente não entendo como não apenas um dos meus pais, mas os dois, puderam me ver, ver meu irmão, ter esses sentimentos por nós e depois sumir. Prefiro morrer a abandonar meu filho. Ou abandonar você.

Meu coração se partiu, naquele momento. Sempre tão forte e determinado, era em horas como aquela, quando a vulnerabilidade oculta de Jack transparecia, que eu via como guardava mágoa. — Querido, não sei o que dizer. Será que eles não partiram porque amavam vocês demais?

Ele balançou a cabeça violentamente. — Não! Meu pai partiu e nunca voltou. Nem disse adeus; só foi embora. E minha mãe me disse que estava indo porque não éramos bons meninos. Ela deixou claro por que ia partir. Ela não podia mais nos suportar. Aquilo não era amor.

— Será que não era ela quem não era boa? — arrisquei. — Talvez tenha pensado que assim que vocês ficassem grandes o bastante, veriam que ela não era digna de amor. Eu não sei, Jack. Não sei por que as pessoas fazem as coisas que fazem. Mas seus pais terem ido embora pode ter sido a melhor coisa no mundo para você e Dean.

Ele soltou um som de repulsa e eu continuei. — Ouça. Vocês foram criados por duas das melhores pessoas que conheci na vida. E sei que neste exato momento, neste lindo momento, você não consegue nem imaginar sentir nada além de amor absoluto pelo nosso filho, mas, provavelmente, vai chegar o momento em que vai querer matar esse menino.

Jack me lançou um olhar feroz, e eu dei risada. — Não literalmente, mas tenho certeza de que ele vai ser irritante em algum momento, e isso não vai ser muito divertido.

— Mas ainda assim nunca vou abandonar meu filho — ele insistiu. — Não importa quão ruim ele seja, nunca desistiria dele. Nunca me afastaria. Não de vocês dois. — Sua cabeça abaixou e ele olhou fixamente para o chão.

— Querido, eu sei disso. E é por isso que você será um bom pai. Ele tem muita sorte por te ter como pai.

— Não entendo como alguém poderia abandonar um filho. Como você repele este sentimento e a culpa não te consome em pedacinhos? — Jack encostou a cabeça na minha barriga, as lágrimas molhando o fino lençol entre nós.

— Nem eu entendo. — Estendi a mão e passei os dedos em seus cabelos escuros, tentando confortá-lo.

— Nunca vou fazer isso com vocês. Com nenhum de vocês, prometo — ele disse, vigorosamente, seu hálito quente sobre minha barriga.

Afagando seus cabelos, eu disse: — Eu sei. Acredito em você. Não teria me casado com você se pensasse que um dia me abandonaria.

Ele virou a cabeça para dar uma olhada em mim. — Você tem muita fé, gatinha.

— Não. Conheço você. Amo você, confio em você. Você não se parece em nada com seus pais. Não foi feito para deixar as pessoas.

— Gosto disso. Não fui feito para deixar as pessoas. A não ser quando deixei você um dia. — Suas mãos cobriram seu rosto quando o passado devorou sua felicidade.

Quis impedi-lo de reviver os pesadelos. Principalmente com Chrystle. Aquelas coisas estavam mortas e enterradas e não tinham mais significado algum.

— Jack — eu disse, severamente. — Foi uma época e um lugar diferentes. Você estava fazendo a coisa certa. Ou, pelo menos, estava tentando fazer a coisa certa. Nada disso importa agora.

— Juro que nunca mais vou deixar você. Juro.

— Eu sei. — Dei uma batidinha em sua cabeça, ansiando por dar alguma paz a ele.

— Exceto a trabalho — Jack disse, suas palavras abafadas pela minha barriga. — Merda. Vou ficar fora o tempo todo por causa do beisebol.

Inspirei longamente. — Sei disso também. Sabia quando escolhi casar com você também. Pare de se preocupar com essas coisas, Jack. Vamos superar isso.

Jack ergueu a cabeça, prendendo-me em um olhar resoluto. — Não quero decepcionar vocês nunca.

— Não vai. Pare de ser tão duro com você mesmo. Olhe para nosso bebê. Ele é maravilhoso. Vai venerar você, contar com você, e querer ser um jogador de beisebol como você.

— Não posso acreditar que sou pai de alguém — ele desabafou, com os olhos arregalados.

— Eu posso. — Sorri para Jack com amor e desejo, não querendo nada além de estar em casa com nosso filho. Parecia que nossa vida juntos, como uma família, estava apenas começando.

E eu mal podia esperar.

CINCO ANOS DEPOIS

É difícil ter uma família na estrada

CASSIE

Ser mãe foi com certeza a melhor coisa que fizera na vida. Adorava ficar em casa com Chance, mas era difícil tentar viajar com o time como antes. Não era fácil juntar as coisas e partir para um fim de semana quando se tinha um bebê de quem cuidar. De modo que Chance e eu paramos totalmente de viajar com Jack. Era demais para mim ter que agendar nossa viagem em separado, alugar um carro, achar um hotel e depois descobrir como chegar ao campo, tudo isso com uma criança gritando nos meus braços.

Jack e eu começamos a discutir mais, até que percebi que eram aquelas viagens todas que me estressavam. Assim que parei de querer estar em toda parte ao mesmo tempo, fiquei mais calma. Percebi que não podia ser tudo para todo mundo o tempo todo.

Jack, por outro lado, ficou mais irritado. Ele odiava que não estivéssemos na estrada com ele, mas dizia que compreendia. Eu sabia, no entanto, que isso o incomodava mais do que deixava transparecer. Ele só não queria que eu me sentisse culpada. Não era o fato de Chance e eu não irmos aos jogos que incomodava Jack, mas o fato de que isso significava que ele não ficaria perto de Chance tanto quanto queria.

Ser um pai ausente era o pior pesadelo de Jack. Ele sofria estando sempre fora, e disse em mais de uma ocasião que sentia como se estivesse me abandonado durante a temporada. Eu lembrava que não era verdade, mas isso ainda o corroía.

Enquanto isso, Chance e eu tentávamos ir aos jogos em casa. Felizmente, o time tinha uma equipe que cuidava dos filhos durante os jogos, o que tornou tudo mais fácil por alguns anos. Eu podia vê-lo arremessar e não ficar preocupada que Chance ficasse aborrecido, agitado ou não se divertisse. Ele geralmente não queria ir embora quando o jogo terminava, não até que visse o rosto do pai. Então os olhos dele, chocolate como os do pai, se iluminavam, e ele saltava nos braços abertos de Jack.

Era nesses momentos que eu sentia meu coração derreter. Achava que nunca me cansaria de observar Jack com nosso filho.

Dean e Melissa casaram poucos anos depois. Ele a pediu em casamento exatamente um ano depois da noite em que a levei à casa de vovó e eles finalmente se acertaram. Secretamente, eu me preocupava que Melissa pudesse ter dúvidas e achasse que era cedo demais, mas ela se apaixonara por Dean no segundo que o deixara entrar em seu coração. Uma vez que estava comprometida com ele, não voltou atrás. Ela sabia que era ele quem queria.

Casaram-se em dezembro do ano seguinte, em uma cerimônia luxuosa no Four Seasons. Com a carreira glamourosa dos dois, foi um evento repleto de celebridades, com convidados que iam de atletas profissionais a astros de cinema. Não podia ser mais oposto ao meu casamento com Jack, razão pela qual levou tanto tempo para ser planejado. Naturalmente, eles planejaram a cerimônia para o fim da temporada, para que Jack pudesse ir.

Chance foi o pajem mais bonitinho que eu já vira, embora tivesse sido um pouco travesso, mas era um tanto jovem para a função. Com quase dois anos, foi até a vovó em vez de andar pelo corredor. Ele deixou o travesseiro cair no colo do vovô antes de pular direto para os braços da vovó e esconder o rosto. Quando ela tentou apontar para mim e dizer para levar o travesseiro até nós, ele se recusou e preferiu envolvê-la com seus braços pequeninos. Vovô foi até mim e me estendeu as alianças.

Eu sabia que meu rosto estava vermelho como beterraba, então, olhei ferozmente para Jack e fiz com a boca: "Ele é seu filho".

Jack respondeu fazendo com a boca "Eu sei", enquanto eu entregava as alianças ao pastor.

Melissa ficou grávida logo após a lua de mel e eles tiveram um garotinho que batizaram de Coby. Eu temia pelas garotas que teriam o prazer de conhecê-los no futuro. Já que Chance e Coby tinham apenas dois anos e meio de diferença, as chances de que fossem juntos à escola eram grandes. Eu me preparava para esses anos de adolescência e tentava não pensar nisso com muita frequência, ou nunca mais dormiria.

Achava que sentiria falta do emprego muito mais do que senti. Tínhamos a sorte de eu não precisar trabalhar, mas, se quisesse, poder voltar em uma posição melhor.

Eu não trabalharia em Nova York, naturalmente, mas era uma fotógrafa profissional com um ótimo portfólio, então, poderia voltar a ser freelancer assim que estivesse preparada. Mas isso não aconteceria logo. Nora me oferecera sessões por um mês pela França, mas eu recusara. Ela dissera que sabia que eu recusaria, mas que queria me oferecer de qualquer modo.

Jack encorajou minha ida à França, já que seria durante sua folga, mas me recusei a deixar meus garotos naqueles raros meses em que realmente éramos uma família. Ficar longe de Chance e Jack durante aquele período por escolha não era uma coisa com que me sentisse à vontade. E, já que eu não queria assumir meu trabalho durante a temporada, passava meu tempo tirando fotos bobas de Chance e do mar do outro lado da janela. Talvez quando Chance ficasse mais velho, eu poderia pensar em viajar para uma reportagem; talvez não. Só o tempo mostraria.

Eu ainda despertava toda manhã sentindo-me abençoada pela oportunidade de morar naquela casa. Houvera mais de uma ocasião em que caminhara na praia por horas a fio, deixando meus pensamentos se perderem na areia entre meus pés.

Chance se apaixonou pelo mar assim que começou a andar. Ele passaria o dia todo brincando na areia se eu deixasse, e eu o impedia de correr direto para a água com frequência. Ninguém me dissera como era difícil argumentar com uma criança. Elas simplesmente não compreendiam o medo como os adultos.

Em alguns aspectos eu invejava o estado de espírito de Chance. Sabia que ele era uma criança, mas era destemido e fazia coisas que os adultos nunca fariam e fazia, simplesmente, porque queria. A mãe em mim tentava injetar algum medo nele para mantê-lo seguro e ao mesmo tempo encorajar seu desejo de experimentar novas coisas. Ser mãe significava que todo dia eu era desafiada de um novo modo. Era o trabalho mais difícil e mais compensador que eu já tivera.

Jack ainda estava jogando para o Anjos, embora um ano houvera rumores de uma negociação que nos assustara. Ninguém gostou da ideia de Jack se mudar para outro estado por oito meses.

Felizmente, eram apenas boatos transmitidos sem parar pela ESPN e pelo noticiário, sem base em nenhum fato real. Era engraçado com que frequência esse tipo de coisa acontecia. Tanto se falava nos canais de esporte sem absolutamente nenhum fundamento! A menção de "uma fonte confiável" era tudo o que se precisava para noticiar o que se quisesse.

Um dia, o treinador chamou Jack ao escritório, e ele me contou depois que tinha ficado aterrorizado com a possibilidade de ter que me contar que partiríamos novamente. Mas o treinador só queria contar que os rumores eram falsos e que não tinham a intenção de deixar Jack ir.

— Fiquei tão assustado quando ele me chamou, gatinha! Você não tem ideia... — Jack confessou, quando estávamos na cama naquela noite.

— Posso imaginar. — Suspirei sobre seu peito. — Fiquei tão feliz que eram apenas boatos!

— Eles não deveriam poder dizer essas merdas.

— Feio, papai. — A vozinha de Chance nos surpreendeu, vinda da soleira da porta do quarto.

Jack e eu imediatamente nos erguemos. — Você está certo — Jack disse a ele. — Foi feio. O que você está fazendo em pé?

— Tive um pesadelo — ele confessou, puxando o cobertor azul esfarrapado atrás de si ao caminhar em direção a Jack. — Posso dormir com vocês?

Eu sorri e me afastei para abrir algum espaço entre nós. — Claro que pode. Entre aqui. — Jack estendeu o braço e ajudou-o a subir na cama.

— Obrigado, mamãe. Obrigado, papai. — Ele se revirou sob os cobertores e caiu no sono.

Jack ficou olhando amorosamente para nosso pequeno e disse baixinho: — Fico longe de vocês tempo demais. Se eles me negociassem, eu deixaria o beisebol.

— O quê? Não, você não deixaria — insisti, não porque não quisesse que Jack ficasse mais em casa, mas porque não acreditava nele.

— Esta é minha décima temporada, gatinha. Vou ter aposentadoria integral depois. Tenho pensando nisso.

— Em quê? Em parar de jogar?

Não conseguia imaginar Jack não jogando beisebol. Tudo o que eu sabia era que ele era um jogador trezentos e sessenta e cinco dias ao ano.

Não era algo que ele conseguia deixar de fazer. Estava sempre preparado e trabalhando em direção a novas metas.

Todo o trabalho duro compensava. Jack na verdade voltara tão forte quanto fora. Ele estava certo quando insistira que precisava apenas de tempo para se recuperar. Fazia arremessos entre noventa e três e noventa e quatro milhas por hora com segurança, como no passado.

— Acho que esta pode ser minha última temporada.

Fiquei chocada. Ouvir aquelas palavras dele me animava tanto como me aterrorizava. Não queria que Jack voltasse a ser quem ele fora quando se machucara. O medo permanecia. — É uma decisão sua. Vou apoiar o que você decidir fazer. Só esteja seguro. — Sorri, antes de apagar a luz e me aconchegar perto de nosso filho.

Mas meus olhos ficaram abertos enquanto minha mente girava, e era quase de manhã quando peguei no sono.

Você está perdendo

JACK

Cinco anos tinham passado desde que nossa família aumentara com o nascimento de nosso maravilhoso filho, Chance. Eu amava Cassie mais do que nunca. E não havia dúvida de que a amaria ainda mais no futuro. Parecia não haver fim para meu amor por aquela garota.

Ela me tornara uma pessoa melhor. Era a mãe do meu filho. Não havia modo de explicar como isso me fazia sentir. Sabia apenas que meu coração parecia expandir diariamente para abrigar todo o amor que eu sentia.

Cassie começou a faltar à maior parte dos jogos, até aos que eram em casa, conforme Chance foi crescendo. Ela fazia o possível para comparecer a todos em que eu iria jogar, levando Chance consigo ou não. E viajava apenas se Melissa e Dean ficassem tomando conta de Chance, mas agora que ele estava começando a ir à escola se sentia mais culpada de deixá-lo.

Tentei convencê-la a levá-lo a mais jogos fora, mas era duro demais durante o ano escolar. Quando jogávamos em casa, era, geralmente, em um dia útil e isso dificultava as coisas. Ela insistia em dar a Chance o máximo de estrutura possível, o que não incluía crescer dentro de estádios.

Fins de semana eram uma história diferente, no entanto. Graças a Deus por eles. Mas Chance começou a jogar beisebol e eu não tinha certeza de quantos jogos meus eles conseguiriam assistir.

Eu, decididamente, ficava em segundo plano. E a verdade era que não me importava muito com isso. Só me importava de estar perdendo tudo. Minha vida toda havia se desenrolado em um estádio de beisebol ou viajando.

Não havia necessidade de ninguém me dizer o quanto era bom, porque eu já sabia disso. Mas ninguém nunca comentava como equilibrar a família e o beisebol. E sabem por que não?

Porque é impossível.

Não há equilíbrio.

O beisebol vence sempre.

Não ter folga para planejar ou celebrar aniversários, feriados ou ir a festas era uma coisa quando éramos apenas eu e a gatinha. Já era ruim e eu me sentia um idiota, mas Cassie nunca se queixara. Nem uma vez. Mas era outra coisa totalmente diferente não estar presente na festa de aniversário de seu próprio filho. Todo ano desde que ele nascera, eu estivera ausente. Claro, eu podia reviver cada uma delas em uma série de fotografias que Cassie tirava. Mas não era a mesma coisa que estar lá.

Chance estava se preparando para começar o jardim de infância no dia seguinte. Era seu primeiro dia na escola dos "grandões", como ele gostava de dizer, e eu estava preso em algum hotel caro no Arizona. Sabia que Cassie estava bem sem mim, mas odiava perder tudo. Liguei para ela e não pude me impedir de sorrir quando Chance atendeu o telefone.

— Alô? Papai?

— Ei, parceiro. Se preparando para a escola amanhã?

— É. Estamos fazendo compras.

— Ah. Pode colocar mamãe no telefone?

— Não.

— Por que não?

— Porque é minha vez de falar com você. Ela sempre fala com você — ele disse, categoricamente.

— Você está certo. Mas preciso dizer a ela uma coisa e, em seguida, mamãe devolve o telefone para você, está bem?

— Tá.— Sua voz soou triste quando ele passou o telefone para a mãe.

— Oi, querido — ela disse, com uma risadinha.

— O que estão comprando?

— Minha nossa, a escola passou uma lista de tudo o que ele precisa para a aula. Você deveria ver o tamanho disso. Estou rodando a loja inteira para juntar essa merda.

— Feio! — Chance gritou ao fundo, e Cassie pediu desculpas.

— Você tem ideia de como é estranho olhar para ele e ver você? Ele tem seus olhos, Jack. Fico com mais saudades ainda.

— Também estou com saudades. Queria estar aí. Tire fotos do primeiro dia dele e mande para mim. Não esqueça.

Eu insistia que Cassie fizesse isso com tudo o que eu perdia. Meu celular estava cheio de fotografias de acontecimentos e festas que não vira na vida real, mas conseguira vivenciar via mensagem de texto com fotos.

— Não vou esquecer. Chance está puxando minha camisa. Ele quer falar com você.

— Eu amo você, gatinha. Estou com saudades — eu disse, antes de ouvir o ruído do fone sendo repassado.

— Pai, adivinha uma coisa.

— O quê?

Ele prendeu a respiração. — Começo na escola nova amanhã e Coby está bravo porque não pode ir comigo. Ele tem que ficar na escola dos pequenininhos e eu vou para a escola dos grandões.

Sorri. — Então você está empolgado?

— Sim! Tchau, papai. Amo você. — ele disse, antes de desligar. Sentei na cama do hotel com o queixo caído.

O merdinha.

Meu telefone imediatamente tocou.

Desculpe. Acho que ele não tinha mais assunto. Hahaha. Até mais. Amo você.

Saber que Cassie tinha que comprar sozinha todas as merdas de que ele precisava fazia com que eu me sentisse um completo babaca. Comecei a sentir como se meu coração fosse um amontoado de linha emaranhada em algum lugar dentro de mim. Meu pai fora embora e nunca retornara. Minha mãe escolhera nos abandonar também. Eu nunca deixaria minha família, mas será que eu não era só um pouquinho melhor que eles? Podia não ir embora, mas nunca estava em casa.

Eu me revirei na cama a noite toda, tentando pegar no sono. Ao invés de me concentrar no jogo do dia seguinte, tudo em que conseguia pensar era no fato de que era o primeiro dia de aula do meu filho de cinco anos e eu iria perdê-lo. Do mesmo modo que perdia tudo. Puxando meu cabelo, tive que me forçar a parar de chorar à simples ideia de que já tinha um filho de cinco anos. Para onde fora o tempo? Como cinco anos passaram tão depressa?

Odiava estar longe de minha família e odiava, principalmente, perder dias importantes como aquele. Cada evento que eu perdia fazia com que eu me sentisse um pai ausente e inútil. Cassie nunca me fizera acusações. Ninguém fazia. Todos diziam entender, mas era eu quem parara de ser tão complacente.

Na manhã seguinte, meu telefone tocou e eu fui saudado com uma fotografia de Chance. Ele estava olhando com um sorriso retorcido no rosto, sua covinha aparecendo, seu cabelo todo espetado, e uma mochila gigantesca nas costas. Ou talvez a mochila fosse do tamanho normal e só parecia grande porque ele era pequeno.

Outro toque, e eu abri mais uma mensagem com fotografia. Cassie e Chance tiraram uma selfie juntos e meu pobre coração se apertou dentro do peito. Eu o senti se contraindo e soltando à medida em que olhei fixamente para minha mulher e meu filho. Os olhos de minha mulher pareciam tão verdes e seu sorriso era tão grande que eu quis pegar o telefone e retirar sua imagem dali. O rosto radiante de Chance estava grudado ao dela e ele erguia os polegares para mim.

Mais um grande dia perdido. Mais um momento perdido no tempo que eu nunca seria capaz de recuperar.

A vida estava me fazendo odiar aquilo que eu mais amava, além dos dois.

Depois do jogo, liguei para Cassie enquanto esperávamos no aeroporto para pegar o voo de volta. — Como foi? Ele teve um bom dia?

Ela bocejou. — Teve. Fez muitos amigos e disse a todo mundo que o pai jogava pelos Anjos! Para ser sincera, acho que a professora dele tem uma paixonite por você. Ela estava com os olhos arregalados quando eu o peguei hoje.

Eu ri. — Parece uma garota esperta.

— Sabia que você diria isso. Ele já tem lição de casa.

— O quê? Desde quando dão lição no jardim?

— Não tenho ideia, mas ele tem que entregar na sexta. — E eu não poderia ajudar, porque nunca estava em casa. — Jack?

— Estou aqui.

— Você está bem? Parece perturbado.

— Estou bem, gatinha. Logo estarei com você.

— Quando você chega?

— Tarde. Não vou acordar você.

— Não, pode acordar — ela disse baixinho. — Estou falando sério.

Com essas palavras, imediatamente comecei a sentir uma ereção, de modo que olhei ao redor para ter certeza de que ninguém estava olhando enquanto arrumava a calça. Meio tentado a pular na cabine do piloto e voar eu mesmo de volta para casa, fiquei andando para lá e para cá no saguão. Eu não queria estar mais ali, longe dela. Precisava estar em casa.

— O que foi, Carter? Você está bem? — Nosso apanhador titular, Frank, perguntou-me.

Olhei-o de esguelha antes de falar sem pensar — Só estou cansado de ficar longe de casa o tempo todo. Você também fica assim?

— Claro. Odeio ficar longe de Christina e das crianças. É a pior parte de ser um jogador de beisebol. Fora as politicagens e o negócio, que arruinam o esporte. É péssimo perder coisas como almoços, ajudar com a lição de casa, projetos de feiras de ciências e as brincadeiras.

— Sinto como se fosse explodir. Como se não pudesse viver mais um dia perdendo tudo isso. Chance começou o jardim de infância hoje e eu só pude ver uma fotografia. Perdi seu primeiro dia de escola. Isso me mata — admiti.

— Você precisa de um drinque. — Ele fez sinal para o bartender. — Uísque.

— Não bebo uísque.

— Vai beber hoje — ele disse, enfaticamente.

Dei de ombros, disposto a tentar qualquer coisa para acalmar meu espírito.

— Quantas temporadas você tem, Carter?

Eu sabia onde ele queria chegar. Queria saber quão perto estava da décima temporada. Era uma coisa que todos queríamos alcançar, aquela décima temporada, que equivalia a aposentadoria integral. — Dez.

— O que você vai fazer no fim desta temporada?

— Não tenho certeza — menti. Eu sabia exatamente o que faria, mas não contaria a um colega de equipe antes de informar minha mulher.

— Não é fácil. Você sabe bem — ele disse, depois de tomar mais um copo. — É sempre a mesma coisa. As mulheres ficam em casa criando os filhos sem pais. A parte pior é quando Christina precisa botar os garotos na linha. Eu deveria estar lá para apoiar. Eu me sinto um merda toda vez que ela liga para mim chorando.

Essa ideia me matava e nem era da minha família que Frank estava falando. Fiquei pensando como ele poderia ficar tão sereno. Se Chance algum dia aprontasse e a gatinha tivesse que lidar com ele, eu entraria no primeiro avião. Ou não. Porque seria mandado para o banco de reservas.

Era foda.

— No entanto, aqui estamos. — Balancei o braço, apontando para o espaço às escuras ao redor. — No saguão de um aeroporto esperando para voar para casa, ao invés de em um emprego normal como todo mundo e em casa com a família.

Ele sorriu. — Ei. O resto do mundo não tem a sorte de trabalhar com isso. E você sabe muito bem que, se pudessem, eles fariam o mesmo. Nenhum homem de verdade recuaria diante de uma oportunidade dessas.

Os pelos de minha nuca se eriçaram quando respondi. — Não acho que o beisebol faça de alguém um homem de verdade. Ficar com a família é ser um homem de verdade.

Ele me olhou diretamente nos olhos. — Mas estamos cuidando de nossas famílias, Carter. Estamos oferecendo uma vida que a maioria não pode dar. Sei que não estamos em casa o tempo todo, mas muitos pais viajam o tempo todo a trabalho. E, acredite em mim, o trabalho deles não é tão legal quanto o nosso.

Frank era, definitivamente, otimista, e eu estava bem pessimista aquela noite. — Esta não é a vida que eu queria oferecer — eu disse. Meus pensamentos ficaram nebulosos quando o uísque encheu minha cabeça.

— Bem, é isso que você tem. Um milhão de outros caras tomariam seu lugar alegremente.

Seu comentário me irritou, mas ele estava certo. Eu não podia ter as duas coisas ao mesmo tempo. Seria um jogador de beisebol até que não pudesse mais jogar ou poderia ficar em casa com minha família. De qualquer modo, tinha que parar de me queixar. Eu estava parecendo Dean.

Assim que cheguei em casa, apaguei a luz que Cassie havia deixado acesa para mim. Introduzi o código de segurança e deixei minha sacola cair ao chão antes de subir furtivamente pelas escadas. Dei uma olhadela no meu filho e abaixei para dar um beijinho no rosto dele. Seus olhos se agitaram, mas ele não acordou.

Fui até a suíte, beijei minha mulher adormecida, depois deslizei minha mão sob a blusa de seu pijama. Ela se virou e gemeu. — Jack?

— Esperava outra pessoa ? — provoquei, quando seus olhos se abriram.

— Talvez. Que dia da semana é hoje? — Ela riu e eu a silenciei com minha boca. Mordisquei seus lábios antes que ela os abrisse para que eu pudesse beijá-la mais profundamente. Sua língua afagou a minha em uma dança frenética. — Senti sua falta.

— Eu também. Lamento muito estar sempre longe. — Rolei sobre ela e me inclinei nos cotovelos para que pudesse olhar para seu belo rosto adormecido.

— Não peça desculpas, Jack. Já disse centenas de vezes que sabia no que estava entrando. — Suas mãos seguraram meu rosto e eu quis congelar aquele momento.

— Mas você sabia que eu iria deixar você sozinha quando tivéssemos um filho? Assinou um contrato para ser mãe solteira para sempre?

— Não sou mãe solteira — ela bufou antes de me cutucar para que eu mudasse de lugar. — O que você quer ouvir, que às vezes é horrível? Que odeio quando você não está aqui? Porque alguns dias eu odeio, Jack. Realmente odeio. Como quando Chance faz uma coisa fofa ou é engraçado e eu gostaria que você estivesse aqui para compartilhar o momento comigo. E não é só porque você está perdendo as coisas que Chance faz, mas porque eu estou perdendo a chance de dividir isso com você. Queria me virar para olhar para você e rir de como nosso garoto é louco, mas, quando olho, você não está lá. É isso que me deixa triste.

Se eu precisava de forças para tomar uma decisão, ela estava fazendo um maldito de um bom trabalho para ajudar. — É exatamente disso que estou falando.

— Mas, na maior parte do tempo, estou bem. — Cassie rolou de lado para me encarar. — Nós estamos bem. E não fico triste o tempo todo. Claro que sempre desejo que você estivesse aqui, mas as partes realmente difíceis são apenas lampejos. Está bem?

— Eu não sabia que tinha casado com uma super-heroína.

— Não? Com quem mais Harry Potter casaria? — Ela riu do apelido que me dera tantos anos antes. Eu não podia acreditar que Cassie ainda não tinha esquecido. Eu era muito mais gostoso que o Harry Potter.

O fim de um sonho

JACK

Nunca planejara esconder as coisas da gatinha, mas isso era algo que eu precisava fazer sozinho. Tinha mencionado para ela no início da temporada que talvez fosse minha última. Ela sorriu e deu um tapinha no meu braço para me apaziguar.

Cassie decididamente não pensava que eu estava falando sério. Mas eu estava.

Sempre estou.

Mais tarde, comecei a me odiar. Sabia o que eu precisava fazer para salvar minha família e minha sanidade. Tinha uma escolha. E, na verdade, havia apenas uma opção para mim.

Joguei a temporada toda como se fosse a última vez. Disse adeus a todos os estádios como se soubesse que não jogaria mais nele. Ri mais, desfrutei mais dos jogos, senti-me menos estressado. Era tão libertador saber, lá no fundo, que eu estava assumindo as rédeas da minha vida!

Eu não havia contado a ninguém ainda. Nem aos meus agentes nem a Dean.

Chegara à décima temporada e a aposentadoria estava totalmente a meu dispor. Era ruim fazer aquilo pelo dinheiro, mas não era só isso, era a segurança do futuro. O futuro da minha família. Eu não podia ficar jogando para sempre, e, por mais respeitado que fosse, novatos de narizinhos empinados que arremessavam mais rápido do que eu nasciam todos os dias. Talvez meu garoto fosse um deles, no futuro. Ou meu sobrinho.

Estava finalmente preparado para dizer adeus à única coisa que havia me ocupado por quase toda a minha vida. Minha mente retornou ao dia em que ficara machucado e às semanas que se seguiram. Eu me distanciara tanto de onde estivera naquela época! Lembrei-me da luta comigo mesmo e da sensação de total pavor de que minha carreira estivesse acabada. Mas não sentia nada disso agora. A decisão parecia certa.

Eu mal conseguia esperar para contar à minha garota. E ao meu filho.

O que minha família faria quando papai estivesse em casa o ano todo? Eu provavelmente deixaria os dois loucos; Cassie provavelmente me mataria enquanto eu dormia. Tinha certeza de que mereceria, e não me importava. Só queria estar lá.

Rumando para casa depois do jogo, minha mente girava com uma sensação de liberdade. Confesso que temia contar a meus agentes que não jogaria mais, mas era a minha vida, e eu precisava vivê-la. Fora um participante ativo em algumas partes dela, mas nas outras fora mais como um primo distante que se vê uma ou duas vezes ao ano.

Abrindo a porta da garagem com força, eu me deparei com o som de risadas vindo do outro andar. — Onde está minha família? — gritei, mais alto que os sons.

— Papai! — Chance gritou e pulou dois degraus de cada vez para descer. Quando chegou, disparou para meus braços.

— E aí, parceirinho? Como foi seu dia?

— Ótimo! Mamãe e eu fizemos biscoitos de chocolate e eu comi a massa.

— Humm.... — eu disse, enquanto minha boca se enchia de água. — Você acha que mamãe guardou um pouco de massa para mim?

— Sim. — Sua cabeça foi rapidamente para cima e para baixo e eu coloquei minha mão no topo dela para abaixá-la lentamente. — Ela colocou um pouquinho para você em uma caixa — ele acrescentou.

— Uma caixa? — lancei a ele um olhar divertido quando Cassie entrou.

— Ele quis dizer pote. Está na geladeira. Oi, querido. — Ela colou sua boca à minha e eu quase esqueci que tínhamos público até que ele puxou minha camisa.

— Papai, você vai nadar comigo? Mamãe disse que eu tinha que esperar até que você chegasse para nadar. Mas agora você está em casa. Vamos nadar. Por favor. Quero nadar.

Meus olhos se arregalaram vendo como ele falava rápido. — Com certeza. Só me deixe falar com mamãe por um segundo, ok?

Seus ombros caíram quando ele disse, desapontado: — Tá.

Cassie se ajoelhou para ficar olho a olho com ele. — Por que você não corre lá para cima, coloca sua sunga e pega suas boias?

Os lábios de Chance se projetaram em um biquinho. Ele tinha a boca de Cassie. — Não preciso de boias, mamãe!

Ela levantou e pôs a mão na cintura. — Chance, sem suas boias você não pode ir à piscina. Conhece as regras.

— Nunca vá à piscina sem boias ou sem um adulto — ele recitou em uma voz monótona, e eu contive um sorriso ao perceber que tinha um monte de regras a aprender.

— Isso. Agora, vá se trocar. Papai vai encontrá-lo lá no seu quarto assim que a gente acabar de conversar.

— Tá! — Com o ânimo imediatamente recuperado, Chance partiu para o alto correndo pelas escadas, saltando de animação do lado esquerdo de um degrau para o direito do outro, pela pura alegria que isso lhe dava.

— Puta merda, querido, ele é exaustivo — Cassie disse. — Nunca se cansa. Nunca. — Ela soltou o fôlego e enxugou a testa com as costas da mão.

Peguei sua mão e puxei-a para perto enquanto reconsiderava por dois segundos o que estava prestes a dizer, então, comecei a falar abertamente. — Decidi, oficialmente, que não vou mais jogar depois desta temporada — Abraçando-a contra mim, rezei para que ficasse entusiasmada enquanto eu esperava por sua resposta.

Os olhos de Cassie se iluminaram, mas ela conteve um sorriso ao perguntar cautelosamente — Você tem certeza?

Fiz que sim. — Eu falei no início do ano que poderia ser o último. Entrei nesta temporada pensando nisso e, mentalmente, me despedi de tudo e todos. Estou preparado para sair — eu disse, e fiquei feliz por sentir que realmente falava sério.

— Jack, se você está preparado para sair, então mal posso esperar para ter você em casa. — Ela sorriu, e as lágrimas encheram seus olhos.

Suspirando de contentamento, puxei-a para mais perto e enterrei meu rosto em seus cabelos, inalando a fragrância de seu xampu. A sensação de seu corpo colado ao meu não apenas me excitou, mas também me confortou. Aquela garota era minha vida. Eu estava segurando minha vida em meus braços, e, enquanto eu a tivesse, sabia que ficaria bem sem o beisebol.

— Mal posso esperar para estar em casa, gatinha — eu disse em seus cabelos. — Tenho sentido tanta falta de vocês! Não quero mais. E a sujeira do negócio não compensa a falta que vocês fazem.

Cassie sabia o que eu queria dizer. O lado de negócios da indústria do beisebol tinha o poder de azedar toda a experiência, se você deixasse. Eu queria sair nos meus termos, antes que odiasse não apenas a mim, mas o esporte também.

— Tem certeza? Você quer isso com cem por cento de certeza? — Ela inclinou sua cabeça para trás e olhou dentro dos meus olhos.

— Sem dúvida nenhuma. E você sabe qual é a melhor parte? — perguntei, e fiquei olhando seus longos cabelos louros balançarem quando ela sacudiu a cabeça negativamente. — Eu me sinto aliviado.

— Então você sabe que está certo. — Seu sorriso cresceu quando ela jogou os lábios contra os meus e me puxou com força sobre ela. Quando interrompeu o beijo, perguntou: — Dean já sabe? Ou Marc e Ryan? Eles sabem?

— Ainda não. Eles vêm sondando ofertas de outros times, já que meu contrato ainda vale. Tem algumas ofertas excelentes, mas nem estou levando em conta.

— Papai, estou pronto! — Chance gritou do topo da escada.

— Já vou subir. Dois segundos — gritei em resposta, e fiquei olhando quando ele desceu pelo corrimão. — Não desça pelo corrimão, parceiro. — Ele parou e sentou, suas pernas cruzadas como um indiozinho enquanto esperava por mim.

— Você talvez deva contar pessoalmente ao Dean — Cassie sugeriu. — Quer que eu os convide para jantar? Coby ama nadar na piscina.

— Parece excelente. Podemos convidar vovó e vovô também?

— Claro. Vou ligar para todos. Vá nadar com seu filho.

Dando um rápido beijinho nela, disparei para o alto para me trocar.

Cassie deu um jeito em tudo enquanto eu nadava com Chance. Ele dava chutes e jogava água para o alto, mas o que mais queria era que eu o arremessasse para cá e para lá. Brincar na piscina com aquele garoto era quase um treinamento melhor que academia. Meus ombros doíam quando Dean e Melissa chegaram e meu pequeno sobrinho pulou na água, pedindo que eu o arremessasse também.

— Me *alemessa*, tio Jack. Me *alemessa*! — Coby gritava com empolgação, suas bochechas ficando de um vermelho brilhante.

Eu o agarrei e arremessei no ar enquanto ele gritava. Seu rostinho apontou rapidamente na água assim que ele entrou nela. — Esse colete que você está usando é bem legal — eu disse para Coby, impressionado com os apetrechos de flutuação que os garotos tinham que usar.

— Isso é para garotinhos pequenos. Minhas boias são de garotos grandes — Chance me informou quando tocou uma das faixas infláveis que usava nos braços.

Meu irmão, Dean, apareceu de repente e mergulhou, espirrando água em todo o mundo. Ele nadou até onde estávamos e acenou com a cabeça.

— Os garotos são sempre assim competitivos? — perguntei a ele depois de jogar os dois outra vez.

— Não sei se todos são, mas os nossos com certeza.

— Nós não éramos assim — insisti, ao tentar lembrar.

Ele riu. — Não, o que você quer dizer é que *eu* não era assim. Você era.

— Não era.

— Era.

— Vamos perguntar à vovó então.

— Perguntar o quê? — A voz de vovó atraiu nossa atenção e eu pulei para fora da piscina para encharcá-la com um abraço molhado. — Jack! Pare com isso.

— A vovó ficou toda molhada! — Chance gritou. — Papai, você molhou a vovó. Quero deixar a vovó molhada também — Ele saiu da piscina e correu para as pernas dela, encharcando suas calças.

— Chance, nada de correr! — Cassie gritou, da janela aberta.

— Desculpa, mamãe! — Chance gritou ao correr/caminhar de volta à piscina e pular dentro dela.

Vovó me olhou analiticamente como se fosse me matar, mas eu banquei o inocente. — Não posso impedir que todos os garotos amem a senhora. A culpa é sua.

— Boa tentativa. — Ela pôs um dedo sobre mim. — Agora, do que estavam falando?

— Vovó, Jack acha que não éramos competitivos quando garotos — Dean disse em um tom chocado quando vovó deu risadinhas.

— Jack tem a memória seletiva. Querido, você era extremamente competitivo com Dean. Mas ele não era. Só queria ser como você.

— Não falei? — Dean espirrou água em mim antes de mergulhar novamente.

— Tio Dean, me arremessa!

— Me *alemessa* também, papai!

— Eu primeiro, tio Dean!

Fiquei olhando quando meu irmão jogou nossos garotos para o alto um de cada vez, antes que caíssem na água. Seus gritos de excitação enchiam o ar e eu fiquei me perguntando se haveria qualquer som melhor do que o da família rindo junta.

— Você construiu uma bela vida para você mesmo, Jack — vovó disse baixinho. — Não poderia estar mais orgulhosa. — Ela se inclinou para mim e abraçou minha cintura.

— Obrigado, vovó. Não seria metade do homem que sou hoje sem a senhora e vovô. Obrigado por tudo o que fizeram por mim. E por Cassie. Não sei onde estaríamos agora se não fosse por vocês dois.

Ela enxugou os olhos. — Ah, pare com isso. Vocês estariam exatamente onde estão agora. Só que poderiam demorar um pouco mais para chegar até aqui.

— Você acha isso?

— Com toda a certeza. Vocês dois foram feitos um para o outro. No fim, teriam encontrado o caminho. São como ímãs, um sendo atraído pelo outro até grudar, incapazes de se separar.

— E quanto àquele palerma e sua mulher? — Apontei para Dean, e ela assoviou.

— Não tenho certeza de que esses dois teriam sequer voltado a se falar se Cassie não tivesse arrastado a baixinha para nossa casa àquela noite. Provavelmente ainda estaríamos esperando eles se resolverem.

Tive que concordar. — Então foi a senhora a culpada — provoquei, e dei uma ligeira cotovelada nela.

Cassie e Melissa vieram para o quintal lado a lado, sussurrando e rindo sobre sabe-se lá o quê. Vovô veio bem atrás, seus olhos procurando por vovó. Ele caminhou até ela e delimitou seu território.

— Se afaste da minha mulher, rapaz.

— Agora sei de quem puxei — eu disse, com uma risadinha.

— Puxou o quê? — ele disse, inocentemente.

— O desejo de mijar em toda a minha propriedade — eu disse, com um meio sorriso.

— Não quero mijar na sua avó, Jack — ele começou a dizer antes que vovó o interrompesse.

— A gente tem que aguentar cada coisa! Se vocês dois precisarem de mim, estarei com elas na cozinha, onde é nosso lugar, aparentemente. — Ela deu uma volta e rumou em direção às garotas.

— Gatinha, você ouviu isso? Vá sentar sua bunda na cozinha, que é o seu lugar! — berrei, e ela me olhou com desprezo.

— Feio! — O eco de duas pequeninas bocas veio da piscina.

— Sinto muito — gritei para eles, antes de pular de volta na água.

As mulheres não desapareceram por muito tempo. Voltaram logo para exigir que deixássemos a piscina e nos arrumássemos para o jantar. Elas juraram que poderíamos nadar depois do jantar, mas tínhamos que comer primeiro.

A mesa de jantar estava preparada para oito pessoas, e eu não conseguia me lembrar da última vez que me sentira tão relaxado e feliz. Cassie dispôs travessas de macarrão no centro da mesa, antes de perguntar a todos o que queriam beber. Melissa acrescentou uma cesta cheia de pão de alho, e vovó a seguiu carregando uma enorme salada.

Eu amava aquelas mulheres. Até a baixinha.

Cassie colocou Chance em uma das cadeiras do meio e puxou a do outro para Coby, toda reforçada. Chance foi buscar uma pilha de livros em seu quarto. Dei risada quando ele os trouxe para baixo, empilhou-os cuidadosamente no topo da cadeira e depois não conseguiu subir.

— Me ajude, por favor — ele pediu, com sua vozinha meio grossa.

Eu o levantei e coloquei firmemente sobre a montanha de livros. — Ele não vai cair? — perguntei a ninguém em particular.

— Pode ser que caia — Cassie respondeu.

— Não vou cair — Chance insistiu quando puxei sua cadeira para mais perto da mesa.

Vovó e vovô se sentaram no topo da mesa enquanto meu filho se sentou entre minha mulher e eu. Fui forçado a ficar olhando para a cara pateta do meu irmão ao longo de toda a refeição.

— Foi realmente ótimo juntar todos aqui para o jantar — vovó disse em nossa direção. — Obrigada.

— Sim. Adoro vir comer aqui. Principalmente quando é vovó quem cozinha — Melissa acrescentou, pegando um pedaço grande de pão.

Cassie se inclinou para a frente para me dar um olhar encorajador, e eu concordei com a cabeça.

— Bem — eu comecei — queríamos vocês todos aqui porque tenho uma novidade. E quero compartilhar com todos ao mesmo tempo.

Todos os olhares se voltaram para mim e a sala ficou em silêncio. Até os garotos pararam com o agito por um segundo. — Decidi, oficialmente, que esta é minha última temporada jogando beisebol.

De repente, várias vozes dispararam a falar ao mesmo tempo, cada uma tentando ser mais alta que a outra. Cassie ergueu os braços para o ar para silenciá-las. — Deixem Carter terminar.

Olhei ao redor e apertei o rosto antes de dizer: — Já terminei.

O garfo de Dean tiniu ao bater no prato. — E quanto a todas as ofertas? Não vai nem considerar? — Ele, de repente, se transformou de irmão em agente.

— Não importa — eu disse, e meu tom se tornou firme. — Tomei minha decisão.

— Mas são boas ofertas, Jack. Contratos sólidos.

— Eu não me importo, Dean.

Melissa estendeu a mão para Coby e colocou a outra no braço de Dean. Isso pareceu trazê-lo de volta à realidade e lembrá-lo quem ele era; meu irmão, não meu agente.

— Por que agora? — vovô perguntou, e eu senti que era uma pergunta justa.

— Sinceramente? Porque acho que se passar mais tempo jogando, vou perder isso. Vou perder tudo. O amor que eu tenho pelo jogo. O respeito que tenho pelo escritório que o administra. Estou cansado de toda a merda que acontece por trás.

— Feio, papai! — Chance gritou.

Coby deu uma risadinha. — Feio, tio Jack!

— Desculpe, meninos. — Precisava policiar minha linguagem perto dos garotos. Eu teria tempo para isso.

Afastando de minha mente a lista de coisas a fazer depois que me aposentasse, continuei: — Estou, mais do que tudo, cansado de não ficar perto da família. Estes últimos cinco anos foram os mais difíceis para mim. Posso ser um sucesso no campo, mas tenho me sentido um fracasso no lar.

— Jack. — Cassie puxou a cadeira para trás e me abraçou pelas costas. Ela deu um beijo na minha cabeça. — Nada em você é um fracasso, está me ouvindo?

Eu queria acreditar nela, mas sabia que era terrível lidar com tudo sozinha, Cassie admitindo isso ou não. — Agradeço a você por dizer isso, gatinha. Agradeço. Mas é difícil não me sentir assim.

— Bem, deixa isso pra lá.— Ela deu um soquinho no meu ombro antes de retornar à cadeira.

— Sim, Jack — vovó disse, severamente. — Não faça isso com você mesmo. Não fez nada errado. Tem sido um bom marido e um bom pai, fazendo malabarismo com uma carreira exigente. Ninguém critica você por isso. — A mulher maravilhosa que me criou olhou para mim, seus olhos cheios de uma estranha combinação de orgulho e tristeza, e senti uma pontada no estômago.

— Você é uma boa pessoa, Jack. Sei que nem sempre acredita nisso, mas você é. Estou orgulhoso de você, filho — vovô acrescentou, e eu quase perdi o controle. Se meu irmão e Melissa não estivessem sentados à mesa, eu provavelmente teria chorado como um bebê, mas me recusava a fazer aquilo diante deles. Dean não precisava testemunhar o completo molenga em que eu me transformara.

— Quero ser um marido e um pai melhor. E é por isso que preciso fazer o que estou fazendo. Espero que vocês todos entendam. — Arrisquei outra olhadela para meu irmão.

— Jogar beisebol profissional é intenso. Você desistiu de tanta coisa para fazer isso. Se pensar a respeito, nunca teve uma vida normal. Sempre sofreu para realizar seus sonhos. E, assim que eles se realizaram, o trabalho só ficou mais duro. — Dean balançou a cabeça. — É sua carreira e eu acho legal que você a encerre quando quer.

— Obrigado. Você acha que Marc e Ryan vão ficar bravos?

— Sem essa. Surpresos, talvez, mas não bravos. Eles vão entender.

— Parabéns, Jack — Melissa concordou. — Você não tem ideia do que está perdendo.

— Eu tenho. Essa é a questão.

— Não, não tem. Não de verdade. Você sabe mesmo o que é um verão? Além do início da temporada?

Dei risada. — Tenho uma vaga recordação dessa coisa que vocês chamam de verão.

Cassie inspirou profundamente. — Minha nossa! Você vai estar aqui no Quatro de Julho. E vamos poder fazer churrasco o verão todo! E festas na piscina! Jack, você sabe o que isso significa?— Seus olhos praticamente reluziram quando ela olhou para mim.

— Sim, gatinha. É o que venho tentando dizer. Terei uma vida com você. Uma vida não conduzida pelo beisebol. Melhor ir se acostumando comigo por perto, porque planejo ficar na sua cola.

— Papai, o que é ficar na sua cola?

Lancei para Cassie um olhar alucinado. — Ah, é quando você segue a mamãe pela casa o dia inteiro.

— Aaah — Chance disse, com os olhos arregalados. — Eu fico na cola da mamãe o dia inteiro.

Todos na mesa riram e eu me senti o sujeito mais sortudo do mundo, cercado pela família e pelas pessoas que amava. Mal podia esperar para dar início ao capítulo seguinte da minha vida.

Nossas novas vidas

CASSIE

Continuei perguntando a Jack se ele tinha certeza e ele continuou a insistir que tinha. Se mudasse de opinião, eu queria que soubesse que não teria problema. A verdade era que eu não elevara demais minhas expectaticas, precavendo-me para o caso de ele decidir no último minuto que não poderia se aposentar. Eu entenderia. Parecia quase mais difícil para mim aceitar a ideia de que Jack estava realmente bem com deixar o beisebol do que ficar louca da vida se ele mudasse de ideia.

Mas depois que ele me contou que havia oficialmente decidido deixar o esporte, seu comportamento todo mudou. Parecia como se um peso que nenhum de nós sabia que existia tivesse sido removido de seus ombros. Ele sorria mais e ficava empolgado com as coisas mais simples, como ir ao cinema. Não conseguia se lembrar da última vez que tínhamos feito aquilo. Infelizmente, nem eu.

Mesmo durante aqueles poucos meses do ano entre as temporadas, Jack nunca estava de folga. Um jogador de beisebol nunca está. O esporte exige tanto do tempo e da energia mental de alguém! Meu marido estava sempre focado e punha tudo o mais em segundo plano, principalmente a diversão sem culpa. Eu nunca percebera aquilo realmente...até agora.

Jack jogou seu último jogo no estádio lotado do Anjos. A multidão gritava. Meus pais apareceram na primeira metade do jogo antes que minha mãe se queixasse de uma enxaqueca que estava se aproximando e precisasse se retirar. Meu pai se ofereceu para ficar, mas eu tinha dito a ele que alguém precisava levar mamãe para casa e eu não iria embora. Ele fez que sim antes de pegá-la pela mão. Foi bonito compartilhar aquele momento com eles, embora fosse breve, e eu agradeci por terem vindo.

Chance encheu os dois de abraços e beijos. Ele amava meus pais e isso me deixava feliz. Não importa o quanto eles haviam me decepcionado no passado, eu queria que meu filho tivesse um bom relacionamento com os avós. No fundo, não eram más pessoas, e eu sabia disso. Meu pai parecia estar fazendo um esforço, mas agora mantinha a palavra. Deduzi que era um bom momento para resolver nossos problemas.

Quando o jogo terminou, o público se levantou e aplaudiu Jack. Eles cantarolaram "Carter" ao longo de todos os turnos e fiquei chorando a noite toda.

Chance não entendia o motivo, mas amava ver o pai arremessar. Seus olhos ficavam muito focados e intensos, e eu reconhecia aquele brilho. Estava certa de que tínhamos um futuro jogador em nossas mãos, embora toda vez que a multidão gritasse por Jack, Chance cobrisse os ouvidos e exclamasse: — É alto demais!

Saber que era a última vez que eu estaria no estádio vendo Jack jogar me fazia ter vontade de vomitar. A vida que sempre conhecemos estava acabando e eu não tinha ideia do que esperar.

Estaria mentindo se dissesse que não estava nervosa. Não era tão difícil voltar ao tempo em que Jack quebrara a mão e lembrar de como ele fora egoísta. Havia uma parte de mim que estava aterrorizada com a ideia de que ele agisse daquele modo novamente. E se mudasse completamente depois daquela noite? E se odiasse ficar livre e não soubesse o que fazer?

Eu estava preocupada.

Mas tudo o que podia fazer era esperar que tomasse uma decisão pelas razões certas e que nunca me culpasse ou ficasse ressentido comigo ou com Chance por elas.

Melissa estendeu a mão para pegar a minha. — Vai ficar tudo bem.

— Como assim?

— Sei o que você está pensando. Está preocupada. Sempre aparece essa pequena ruga bem aqui — ela apontou para o espaço entre as minhas sobrancelhas — quando você está preocupada. Vai ficar tudo bem. Jack vai ficar bem.

— E se ele me odiar e achar que eu arruinei sua vida?

— Você o odeia e acha que ele arruinou sua vida? — ela disparou de volta.

Franzi a testa com força para ela. — Não. Por que acharia isso?

— Porque você abandonou seu emprego e mudou para cá para ficar com ele. Você não trabalha há quase cinco anos. Você culpa Jack por isso?

— De modo algum.

— Ele também não vai culpar você.

Fechei meus olhos e senti que ela estava certa. — Obrigada, Melis.

— Não sei por que você não conversa comigo de uma vez. Isso te pouparia das rugas.

Dei risadinhas. — Lembre-me disso na próxima vez.

— Eu não deveria ter que lembrar você. Se ainda não percebeu como sou esperta, nunca vai perceber.

— É provável que seja verdade — admiti, com um sorriso.

— Vamos apanhar aquele seu marido — ela disse ao me puxar do assento e me conduzir pelos túneis.

Nós sete descemos pelo corredor e esperamos Jack sair dos vestiários. Fiquei preocupada que fosse ser uma longa noite, já que era a última. Seus colegas iriam querer se despedir dele e eu sabia que havia repórteres esperando para entrevistá-lo também.

Fiquei no corredor segurando a mãozinha de meu filho. Aos cinco anos, ele ainda deixava que eu segurasse sua mão em público e eu amava isso. Temia o dia em que afastaria sua mão para longe e me diria que não era mais um bebê.

— Acha que ele vai demorar? — Dean perguntou, carregando seu filho de dois anos e meio nos braços.

— Provavelmente. É a última vez dele aqui, podemos ficar esperando a noite toda.

Chance puxou a camisa de Dean. — Tio Dean. Tio Dean.

Dean baixou os olhos. — Sim?

— Ponha Coby no chão. Quero brincar com ele — meu filho exigiu, e Dean se inclinou para fazer exatamente isso.

— Tenha cuidado, ele ainda não é muito estável — Dean advertiu.

— O que significa estável? — Chance perguntou com uma careta.

Melissa se abaixou para ficar olho a olho com ele. — Significa que às vezes, quando ele corre, pode cair. Então, não corra rápido demais, está bem?

— Tá, Tia Lissa.

Chance e Coby ficaram correndo por ali em círculos em meio às outras famílias, que nos lançaram olhares tristes, provavelmente convictas de que Jack não conseguira nenhuma oferta digna e que era por isso que estava se aposentando. Sorri em retribuição, um sorriso enorme e feliz, o que pareceu intrigá-las. Elas não entendiam. Mas não precisavam entender. Não era problema delas. Não era problema de ninguém além de Jack e nossa família.

Quando a porta se abriu, eu me flagrei chocada ao ver Jack passar dançando por ela, e carregando uma grande sacola.

— Papai! — Chance saiu correndo na direção dele.

— Oi. — Ele deu um grande beijo na bochecha de Chance. — Gostou do jogo? Nós ganhamos.

— Não. Foi muito barulhento e meus ouvidos doeram. Mamãe chorou.

Os olhos de Jack imediatamente se voltaram para os meus. — Por que você chorou?

— Fiquei comovida, Jack. O modo como a multidão gritou seu nome. Foi realmente emocionante.

— Você chorou? — perguntei, um pouco alto demais, e ele olhou ao redor.

— Não. Quem você pensa que eu sou? Dean?

— Ouvi isso — Dean gritou, antes de começar a correr atrás do filho. Melissa se infiltrou por trás de Coby e o agarrou enquanto ele gritava.

— Peguei você! — Melissa segurou o garoto enquanto Dean se curvava para beijá-lo. Ela pegou sua mão e se inclinou sobre ele, o que me fez sorrir. Adorava vê-los tão felizes.

Vovó e vovô vieram furtivamente para meu lado, com lágrimas nos olhos. Apontei para eles, dizendo: — Não fui a única a ficar comovida esta noite. — Fiz o máximo para não atrair a atenção sobre mim.

— Estamos tão orgulhosos de você, Jack... — vovó disse, deixando que as lágrimas rolassem. Ele a puxou para um abraço.

— Obrigado por estar aqui. Isso significa muito para mim.

Vovô deu um tapa nas costas de Jack. — Não perderíamos isso por nada neste mundo, garoto.

— Está pronto para ir embora, querido? — perguntei, e ele fez que sim. — Jack está pronto — anunciei para nosso pequeno grupo. — Nos encontramos em casa.

— Chance vai com a gente — Melissa sugeriu, e eu concordei, entusiasmada. Conseguir uma folguinha era bom às vezes.

Depois de outra rodada de abraços, Jack e eu caminhamos de mãos dadas para fora dos túneis pela última vez. Passando por um repórter isolado, Jack parou para apertar sua mão, e deixou a sacola cair no chão.

— Jack, você tem alguma declaração a fazer? Quer dizer alguma coisa aos fãs? — o repórter perguntou.

— Ei, Casey. Você se lembra da minha mulher, Cassie? — Jack já tinha me apresentado ao repórter, mas eu não conseguia me lembrar dele.

— É um prazer ver você de novo, senhora Carter. Aposto que está empolgada por ter Jack em período integral agora.

— Você não faz ideia. — Apertei o ombro de Jack e sorri.

— Então, quer dizer alguma coisa? Qualquer coisa para encerrar sua carreira?

Jack ficou em silêncio, e eu sabia que ele estava pensando profundamente. Tomou um longo fôlego antes de dizer — Quando sua carreira no beisebol chega ao fim, é como se batessem com um martelo no seu peito. É como se você finalmente percebesse que o beisebol nunca correspondeu ao seu amor. Todas as noites sem dormir, as horas passadas na academia tentando ficar em forma, o condicionamento, o treinamento, a preparação mental, os feriados perdidos, os aniversários, as lembranças que você não chega a formar com sua família... tudo para quê? O beisebol, na certa, não perdeu nem um pouco de seu sono por você. Ele não ficou acordado por noites a fio, tentando descobrir como tornar você um jogador melhor. Ele não deu a mínima. Beisebol é um negócio. Um esporte. Um jogo. E, por mais que minha vida toda tenha sido envolvida por ele, é hora de deixar isso para trás.

— Então, você está abandonando o esporte pela sua família?

Jack apertou minha mão com força. — Estou abandonando o beisebol por mim. Quero saber o que é ter uma vida fora dele enquanto meu corpo pode fazer as coisas que quero que ele faça. Quero experimentar um fim de semana que não seja preenchido por bater, arremessar, ir para o campo e treinar. — Ele me lançou um grande sorriso e disse: — Quero acordar de manhã e não me preocupar se minha mão vai ou não ficar mais forte ou se estou jogando bem o bastante para ficar no time que amo. Dei muito tempo e muita energia ao esporte, agora é hora de dar a mesma atenção à minha mulher e ao meu filho. Estou preparado para ter uma vida que os inclua o tempo todo, não apenas três meses do ano.

Meu coração se apertou dentro do peito quando o sangue começou a bombear furiosamente em minhas veias. Cada pequena coisa que ele fazia me enchia de orgulho e amor.

— Obrigado, Jack. E parabéns. Você é um tremendo jogador.

— Obrigado, Casey. Isso significa muito partindo de você.

Os dois trocaram um aperto de mão antes que Jack me levasse para fora do estádio. Eu lutava contra a vontade de chorar quando tiramos o carro do estacionamento pela última vez.

— É tão estranho pensar em você sem pensar em beisebol!

Ele deu uma olhada para mim. — Você acha que é estranho para você? Imagine como eu me sinto! Tenho que descobrir quem eu sou outra vez.

— Você sabe quem é.

— Um homem apaixonado por sua gatinha?

Fiz uma careta fingida para ele. — Jack, fale sério.

— Parte da minha identidade, até onde posso lembrar, é ser um jogador de beisebol. Se não sou mais isso, então quem eu sou?

— O que você quer ser?

— Harry Potter — ele zombou.

Dei uma risada ruidosa e peguei sua mão. — Missão cumprida.

Dois meses depois...

Não sabia o que fazer comigo mesma com todo o tempo livre que a ajuda de Jack me dava. Isso me fez perceber que vinha vivendo como uma espécie de mãe solteira, embora eu nunca fosse admitir isso para Jack. Não teria propósito algum. Simplesmente não me esquecia de agradecer por tudo o que ele estava fazendo.

Ansiando por compensar pelo tempo perdido, Jack se recusava a me deixar ajudar com a lição de Chance e acordava cedo todo dia para levá-lo à escola. Ele até mesmo ligou para Nora sem eu saber e disse que eu estava preparada para aceitar trabalho. Tive que dizer a Jack para "reduzir a marcha". Sim, eu queria trabalhar de novo algum dia, mas não um segundo depois de ele ter parado.

— Você está tentando me tirar de casa — eu disse, depois de saber o que ele tinha feito.

— Não quero que você desperdice tempo, agora que estou em casa — ele confessou. — Posso lidar com tudo aqui exatamente como você fazia. Você pôs seus sonhos de lado por mim, e agora é hora de ir atrás deles de novo.

Minha mão subiu para minha boca aberta e cobriu-a. Jack nunca cessava de me espantar quando se tratava de atenção, cuidado e afeto. Baixando minha mão, eu disse: — Ficar em casa com meu filho não é um desperdício de tempo. E agora que você está aqui também, não tenho pressa nenhuma de sair.

— Tem certeza? Você desistiu de tanta coisa — ele começou a dizer.

Balancei a cabeça. — Não desisti de nada. Meus sonhos não morreram. Eles ainda estarão esperando por mim quando eu estiver preparada para os perseguir novamente. Mas não será agora. — Eu não poderia me imaginar me concentrando em um trabalho, agora que Jack estava finalmente em casa. Queria aproveitar o tempo para desfrutar o gostinho de uma família em uma casa com pai e mãe.

— É bom saber disso porque juntei todas essas moedas, e ainda não as usei.

— É mesmo? — perguntei, colando meu corpo contra seu peito e sentindo o anseio entre minhas coxas.

— Verdade. Acho que vou gastar o jarro todo agora. Engravidar você de novo.

— Juro por Deus, Jack, se você me der outro menino, vamos precisar adotar uma cadela ou algo assim. Toda esta testosterona em volta de mim está me matando. Há machos da família Carter demais por aqui.

Ele deu uma boa risada. Fazia muito isso ultimamente, graças a Deus.

Tocando sua bochecha, eu disse: — Nunca vou me cansar de ouvir essa risada ou ver essas covinhas.

— Melhor se acostumar com isso, gatinha. Porque não vou a lugar algum.

— Estou contando com isso.

Jack se abaixou e colou seus lábios nos meus, depois aprofundou o beijo daquele jeito que sempre me fazia ter vontade de rasgar suas roupas.

Sempre imaginei que se Jack mudasse depois de abandonar o beisebol seria para pior. Nunca me ocorreu que poderia ser para melhor. Havia toda uma nova pessoa que vivia dentro dele e que nenhum de nós sabia que existia. Aquele homem era muito mais feliz, mais simpático e muitíssimo menos estressado.

Não que Jack não fosse qualquer uma dessas coisas antes de abandonar o esporte, mas um peso tinha sido removido de seus ombros. Ele finalmente agia como quem podia se soltar e se divertir, sair nos fins de semana e não se sentir culpado por isso.

Abandonar o beisebol havia sido uma das melhores decisões que ele tomara. Deixar o esporte não o fazia sentir falta do jogo: fazia-o amar sua vida e a escolha que fizera de finalmente ter uma. Eu amava meu marido com cada fibra do meu ser, e dormia em seus braços toda noite sabendo que ele sentia o mesmo por mim.

Jack prometeu me engravidar de novo até o fim do inverno. — É minha nova meta — ele disse, com uma risada.

— E você já a conquistou. — Mordi meu lábio inferior quando ele deu um passo para trás.

— O q-quê? — ele gaguejou. — Você quer dizer o que acho que está querendo dizer?

Inclinei a cabeça e sorri. — Se você acha que quero dizer que estamos grávidos, então, sim.

Jack me abraçou e me ergueu do chão, o mundo girando sob meus pés. — Meu Deus, gatinha! Como eu sou fértil!

Dei risada, soltando-me de seus braços e voltando ao chão. — Você está comemorando sua fertilidade?

Dando de ombros, ele acrescentou: — Eu amo você. Você sabe disso. Sempre vou amar. Sempre. — Ele abaixou e beijou minha barriga. — Também amo você, filho.

Revirando os olhos, gemi. — Nem venha com essa.

Jack se levantou. — Venho, sim. — Ele deu um beijo delicado na minha boca. — Você já viu os Carters em ação. Produzimos garotos.

— Você vai ficar muito encrencado quando descobrir que vamos ter uma garota.

— Isso nunca vai acontecer — ele respondeu, confiante, e eu sorri.

Que o céu me ajudasse.

Epílogo

CHANCE

Onze anos depois...

A vida toda, ouvi as histórias de tio Dean sobre o garanhão que meu pai era e sobre como as garotas todas corriam atrás dele. Para ser franco, não é muito diferente comigo. As pessoas sempre deram tapinhas em minhas costas como se eu fosse um campeão ou algo assim enquanto caminhava pela escola e, naquela tarde — um dia de jogo —, não foi diferente.

Assim que cheguei ao vestiário, coloquei a roupa de beisebol, ignorando o resto dos meus colegas enquanto me preparava mentalmente. Todo dia de jogo eu seguia a mesma rotina: me vestia em silêncio, recusando-me a dizer uma só palavra, enquanto ouvia a trilha sonora de aquecimento que eu baixara, explodindo em meus ouvidos.

Rumando para o campo de beisebol, avistei meu pai no cercado, trabalhando com nosso arremessador. Desde que meu pai começara a treinar o time de beisebol da escola, uma porção de garotos passou pra lá... especialmente arremessadores. O que eu não era.

Meu pai havia treinado todos os meus times de beisebol, exceto um, desde que abandonara o esporte. Para ser franco, eu tinha apenas vagas lembranças dele jogando para o Anjos. Lembrava-me de meu pai sempre por perto, não dele viajando.

Decidi quando era um molequinho que queria ser um apanhador. Será que de tanto apanhar as bolas que meu pai arremessava para mim?

Não sabia ao certo, mas era um excelente apanhador. Meu braço era um canhão. Corredores de base não ganhavam de mim, eu os tirava para fora mais rápido que um raio. Como se um lançador de foguete estivesse preso ao meu braço, eu disparava a bola para a segunda base e conseguia derrubá-los nove em dez vezes. Meus pais se preocupavam com meus joelhos, mas eu me esforçava muito para mantê-los fortes e flexíveis. Sabia tudo sobre o que meu pai passara quando se machucara.

Antes que eu entrasse no campo, fiz uma varredura visual das arquibancadas e vi que minha mãe estava sentada sozinha em uma cadeira do estádio em meio à multidão crescente. Já que meu primo Coby era o único novato do time júnior, tio Dean e tia Melissa faltavam a quase todos os meus jogos. Pobres vovó e vovô! — eram forçados a se dividir, indo para cá e para lá entre os dois campos.

Examinei a multidão procurando por minha irmãzinha, Jacey, só para vê-la conversando com um garoto que parecia um ou dois anos mais velho que ela.

Espero que papai não veja isso.

Ele já tivera ataques do coração suficientes para uma vida inteira com Jacey, começando quando ela tentou usar maquiagem como se tivesse vinte anos em vez de dez, e descendo as escadas para sair de shortinhos e blusas curtas. Toda vez que isso acontecia, papai se erguia com o rosto todo vermelho e a mão sobre o peito, como se ordenasse a ela para marchar para o quarto, enquanto minha mãe só ficava rindo.

Meus pais sempre se deram muito bem. Toda briga que tinham terminava com um beijo e meu pai chamando-a pelo apelido carinhoso, gatinha. Eu acharia isso legal se ver meus pais agirem como adolescentes não me fizesse querer vomitar. Há algumas coisas que você nunca consegue ignorar.

Ninguém sabia por que meu pai a chamava de gatinha, muito embora eu tivesse perguntado um milhão de vezes. Não podia nem olhar para uma gatinha sem pensar na minha mãe, o que era bastante ruim. E não me comece a falar nas moedinhas. Bloqueei o motivo real pelo qual eles as colecionavam. Você tem ideia de quão esquisito é crescer pensando que moedinhas eram feitas para serem postas em jarros e não gastas? Eu quase tive um ataque na primeira vez que meus amigos tiraram uma do bolso e usaram. Na verdade, fiquei um pouco histérico, e o diretor foi forçado a chamar minha mãe, porque eu me recusava a me acalmar. Ela teve que ir me buscar e me levar para casa. Até hoje, peço meu troco em moedas de dez e cinco. Nada de cinquenta centavos para mim.

Nem garotas. Diferente do meu pai, que aparentemente foi um mulherengo, tento ficar longe delas. São desconcertantes e incômodas. Eu não tinha ideia de como meu pai conseguia que o deixassem em paz, mas se eu chegasse a beijar uma, não conseguiria me livrar delas por meses. Não precisava disso.

— Chance! Venha cá e aqueça o braço, filho!

Comecei a arremessar a bola com um colega de time enquanto meu pai rapidamente foi até minha mãe. Ele nunca perdeu um jogo meu desde que largou o beisebol. Minha mãe, por outro lado, faltava a alguns para trabalhar. Ela aceitou voltar de tanto que meu pai encheu. Ele me disse que dava para ver nos olhos dela quando queria cobrir uma história, e que deveríamos encorajá-la a ir.

Mais de uma vez, papai e eu nos sentamos no sofá e garantimos que a casa não cairia, que eu não abandonaria a escola, que Jacey teria seu lanche embrulhado e sua lição de casa feita, e que comeríamos três refeições ao dia se ela nos deixasse por uma semana. Basicamente, tínhamos que convencer mamãe de que sobreviveríamos em sua ausência.

Comparada a outras mães, a minha era rara. As mães dos meus amigos mal podiam esperar para sair de casa e não queriam saber o que acontecia quando estavam fora. Minha família, por outro lado, praticamente empurrava minha mãe pela porta afora toda santa vez. Ela não queria nos deixar nunca. E, para ser franco, meu pai não era o mesmo quando ela estava ausente. Sempre parecia um pouco triste, não importava o quanto estivesse feliz comigo e com minha irmã.

Quando os dois jogos finalmente terminavam, a gente sempre se reunia na minha casa ou na casa do meu tio para jantar; esta noite, seria na nossa. Vovó sempre se desmanchava sobre o quanto amava ficar cercada pela família, mas, às vezes, eu queria matar meus priminhos. Nesta noite, as gêmeas de nove anos de tio Dean estavam correndo por ali como se estivessem possuídas, querendo passar maquiagem em mim e pintar minhas unhas.

Qual é o problema das meninas? Por que elas sempre querem mexer nas unhas? Minha irmã incentivava esse comportamento, mesmo depois que eu a advertira que a jogaria na piscina de roupa e tudo.

— Você não faria isso! — Ela apertou os olhos verdes sobre mim.

— Faria e farei. Fique me tentando… — eu a desafiei.

— Basta. — mamãe ralhou da cozinha. — Venham e comam. Garotas, deixem Chance em paz. Ele não quer pintar as unhas, mas aposto que o pai de vocês quer. — Ela sorriu para o tio Dean, e tia Melissa riu.

Meu pai caminhou até minha mãe e deu um beijo embaraçoso em seus lábios antes de dar um aperto em minha irmã e em mim.

Quando o jantar ficou pronto, sentamos à mesa, onde a conversa fluiu e o ruído aumentou tanto que poderia rivalizar com uma família italiana em Nova York. Quase na metade da refeição, papai acalmou a mesa, pedindo silêncio.

— Tenho uma novidade importante que quero compartilhar com vocês — ele disse, voltando o olhar para mim. — Especialmente com Chance.

Assim que a gritaria diminuiu, papai anunciou com um sorriso: — O Fullton State mandou um observador para os últimos jogos. Eles gostaram do que viram em Chance.

A mesa toda irrompeu em saudações, enquanto meu coração batia rapidamente no peito. Fullton State era o único lugar em que eu queria jogar. Poderia não ser um arremessador como meu pai, mas ir para a mesma faculdade onde ele iniciara a carreira, e onde meus pais haviam se conhecido... Dizer que seria minha primeira escolha era desnecessário.

— Um dos treinadores vai se aposentar logo, o que significa que estão procurando alguém. Então, se as coisas derem certo, parece que você vai ter que lidar comigo por mais quatro anos, Chance — ele continuou, piscando para mim.

— Acho ótimo, papai. — Estremeci, exaltado por meu pai estar lá para continuar me moldando até que eu estivesse preparado para ser profissional. Alguns garotos podiam se ressentir de seus pais manipulando em minúcias sua vida esportiva, mas eu sabia que tinha sorte. Não havia ninguém melhor que meu pai em se tratando de beisebol.

— Sim, só fique longe de todas as... hã... — Tio Dean parou, dando uma olhada em torno da mesa para as meninas antes de continuar —... distrações que existem lá. Não deixe de fazer um exame detalhado no passado de toda garota que tentar seduzir você.

— Dean! — vovó gritou do outro lado da mesa.

— Meu Deus! Não o escute. — Tia Melissa deu um tapa no braço de tio Dean. — Quer dizer, tome cuidado, mas... — ela grunhiu e interrompeu bruscamente a frase.

Tio Dean deu um sorrisinho maldoso. — Estou só tentando avisar. Alguém precisa fazer isso.

Mamãe se aproximou da mesa e deu um tapinha em minhas costas. — Chance tem a cabeça no lugar. Ele não é como Jack nessa idade. Não se preocupe, ele sabe o que quer. Vai ficar bem.

— Espero chegar ao Fullton State também — Coby interferiu, e minha mãe suspirou ruidosamente.

— Não tenho certeza se poderei sobreviver à repetição dessa história. — Seus olhos arregalados encontraram os de minha tia.

— Duas gerações de garotos Carter? Deus nos ajude — Tia Melissa balançou a cabeça.

Antes que eu pudesse dizer alguma coisa, papai recuou a cadeira e puxou a mão de minha mãe, fazendo-a cair diretamente em seu colo.

— Não acho que me usar como mau exemplo esteja realmente funcionando aqui, pessoal. — Meu pai franziu a testa para o resto da família, enquanto envolvia a cintura de minha mãe com os braços. — Não seja como Jack — ele disse, fazendo uma voz feminina. — Tenha foco. Não seja como seu pai. Mas, até onde vejo, ser como eu vai lhe dar a melhor mulher do mundo, os filhos mais legais, e uma excelente família. Sim, filho. — Ele deu uma olhada para mim. — Não seja como eu. Eu não iria querer isso.

Minha mãe praticamente se derreteu ao dar outro beijo menos que apropriado nele, não importava quantas vezes eu me queixasse. Fiquei olhando, balançando a cabeça, quando meu pai puxou duas moedas de cinquenta centavos do bolso e passou para ela. — Para mais tarde — ele sussurrou, mas eu ouvi e ele percebeu.

Droga, papai. Aquilo era horrível. Mas era legal.

Eu iria querer o que meus pais tinham... só que não tão rápido.

Mais tarde.

MUITO mais tarde.

Agradecimentos

ANTES DE TUDO, preciso agradecer a cada um dos meus leitores por seu amor, apoio, entusiasmo e encorajamento. Todos nós nos apaixonamos por Jack Fodão Carter e sua galera e eu não poderia ser mais grata por isso. A ligação que vocês têm com os personagens me impressionou e, sinceramente, eu ganhei os meus dias com as fotos, citações, escolha de elenco, presentes, pinturas, tuítes, e-mails etc que vocês me mandaram. Muito obrigada. O sucesso desta série se deve a vocês, vocês fizeram este livro acontecer. VOCÊS trouxeram essa história à vida. OBRIGADA. Sempre. Sou eternamente grata por quão incríveis vocês são. <3

Agradeço também à minha família, que é obrigada a me apoiar mesmo quando ignoro as chamadas telefônicas (peço desculpas a mamãe e ao meu irmão Jim), ou faço meu melhor para afastá-los quando estou escrevendo. Agradeço a Blake e Point por verem além do meu temperamento (posso ser uma vaca às vezes) e por me amarem de qualquer jeito.

Nos últimos dois anos, um time se formou na minha vida profissional, sem o qual eu não sobreviveria no mercado editorial. Agradeço a Michelle, da IndieBookCovers, pelo design e pela energia criativa. Você é ótima, paciente e sempre sabe exatamente o que eu quero. Seu talento é inacreditável. Agradeço a Pam Berehulk, da Bulletproof Editing, por estar comigo desde o começo. Somos um baita time e eu piro com a mera ideia de ter que usar outro editor. Nunca me deixe, haha! :)

Antigamente (hahaha), a jornada de um escritor era muitas vezes solitária, à espera de que alguém, QUALQUER PESSOA, que entendesse como era a experiência. Sou muito abençoada por estar rodeada não apenas de algumas das mulheres mais talentosas do mercado, mas de considerá-las amigas. Elas tornaram a experiência toda menos solitária e minha vida é muito mais completa porque elas são parte dela: Samantha Towle, Tara Sivec, Jillian Dodd, Kyla Linde, Shannon Stephens, Rebecca Donovan, Claire Contreras, Michelle Warren e Tifanny King — obrigada, garotas, por sempre estarem lá quando precisei de vocês.

Há outras pessoas que, nessa incrível era da internet, entraram em minha vida. Sou muito grata pelo fato de podermos interagir, nos conhecermos e ficarmos amigos. A todos os que amo, novos e velhos, obrigada pelo apoio nessa jornada. Gosto muito de vocês, Catjacks, Becks, Christina Collie (*feedback* extraordinário), Dani Van Z & Penny Mum, Melissa Mosloski, Jenny Aspinall & Gitte (e ao *Totally Booked Blog*), Emily Lalone, Kristie W., Sali, todas as garotas do *The Perfect Game Changer Group* e ao verdadeiro Jack Fodão Carter (ele sabe quem ele é). Sou muito abençoada.

Matthew Hussey
com Stephen Hussey

Mulheres Poderosas não esperam pela Sorte

Saiba como encontrar o homem certo e fazer ele se apaixonar

ENCONTRAR O CARA "CERTO" PARA VOCÊ NÃO É QUESTÃO DE SORTE: VOCÊ PODE FAZER ACONTECER!

Há, certamente, mais homens aventureiros, despreparados ou "dores de cabeça" disponíveis por aí. Os caras legais não ficam livres por muito tempo. Mas o que é pior? Deixar um bom partido escapar de suas mãos ou perder tempo em relacionamentos sem futuro porque você não conseguiu ler os sinais antes de se envolver com um cara errado?

Aqui você vai aprender a criar oportunidades reais para a sua vida amorosa e evitar pessoas que estão fora de seu objetivo (aventureiros, farristas, aproveitadores); aprender que, desde uma comunicação por mensagens de texto, a forma de olhar e emitir sinais corretos fará muita diferença para ser *vista* e gerar interesse; e, ainda, aprender a conhecer muito mais pessoas, perceber rapidamente quando se trata de alguém em quem vale a pena investir e, finalmente, criar uma conexão duradoura.

O livro apresenta dicas claras, honestas e práticas de como encontrar o seu homem ideal — e, o mais importante, de como manter o relacionamento. Usando conceitos simples e muito bem detalhados, Matthew guiará você através do complexo labirinto da paquera e do namoro para que você possa desfrutar de uma parceria saudável e mais feliz.

ASSINE NOSSA NEWSLETTER E RECEBA INFORMAÇÕES DE TODOS OS LANÇAMENTOS

www.faroeditorial.com.br